Christoph Simon

Spaziergänger Zbinden

Zu diesem Buch

Am Arm des Zivildienstleistenden Kâzim begibt sich der 87-jährige Lukas Zbinden auf einen Streifzug durchs Seniorenheim. Treppe um Treppe, Stockwerk um Stockwerk zieht es den leidenschaftlichen Spaziergänger Zbinden hinaus auf die Wege, auf denen er ein Leben lang an der Seite seiner Emilie dem Sinn des Lebens nachgespürt hat. Der sanftmütige und geistreiche Mann glaubt, seinem Begleiter die Antworten auf die wichtigen Fragen des Lebens anzuvertrauen, in Wahrheit aber die stille, herzbewegende Geschichte der Liebe zu seiner verstorbenen Emilie erzählt. Eine hinreißende Liebesgeschichte.

»Spaziergänger Zbinden oder wie man die Liebe lebenslang macht. Ein stiller Roman über das Alter und zärtliche Liebe.« *Radio DRS 1*

»Im diesem sorgsam komponierten Roman erzählt Altersheimbewohner Zbinden dem Zivildienstleistenden, der ihn an die frische Luft begleitet, seine Lebensgeschichte. Der Roman ist ein Lob aufs Spazieren – und eine Hymne an die große Liebe.« *St. Galler Tagblatt*

Der Autor

Christoph Simon (*1972) ist Schriftsteller, Kabarettist und Slam-Poet und lebt in Bern. Er ist zweifacher Schweizermeister im Poetry-Slam und wurde zweimal mit dem Literaturpreis des Kantons Bern ausgezeichnet. Christoph Simon ist Preisträger des Salzburger Stiers 2018, dem renommiertesten Kleinkunstpreis im deutschen Sprachraum.

Im Unionsverlag ist außerdem lieferbar: *Franz oder Warum Antilopen nebeneinander laufen.*

Christoph Simon

Spaziergänger Zbinden

Roman

Unionsverlag

Die Erstausgabe erschien 2010 im Bilgerverlag, Zürich.

Im Internet
Aktuelle Informationen, Dokumente und Materialien
zu Christoph Simon und diesem Buch
www.unionsverlag.com

Unionsverlag Taschenbuch 827

Neptunstrasse 20, CH-8032 Zürich
Telefon +41 44 283 20 00
mail@unionsverlag.ch

Reihengestaltung: Heinz Unternährer
Umschlagbild: Julius Theodor Christian Ratzeburg,
Die Waldverderbnis oder dauernder Schade, welcher durch Insektenfrass, Schälen, Schlagen und Verbeissen an lebenden Waldbäumen entsteht.
Zweiter Band, 1866
Umschlaggestaltung: Sven Schrape auf Grundlage der
von Dario Benassa gestalteten Originalausgabe
Illustrationen im Buch: Christoph Simon
Satz: Greiner & Reichel, Köln
Druck und Bindung: CPI – Clausen & Bosse, Leck
Verantwortliche Person in der EU i.S.d. Produktsicherheitsverordnung:
Verlag C.H.Beck GmbH & Co. KG, Wilhelmstr. 9, D-80801 München
produktsicherheit@beck.de
ISBN 978-3-293-20827-8
3. Auflage, April 2026

Der Unionsverlag wird vom Bundesamt für Kultur mit einem
Verlagsförderungs-Strukturbeitrag für die Jahre 2026–2028 unterstützt.

Auch als E-Book erhältlich

Zum Mittagessen? Milchsuppe mit Geschlechtsorganen. Jedenfalls behauptete Herr Hügli, es seien welche. Tierischer Herkunft. Er fischte sie aus dem Teller und legte merkwürdige Muster auf den Tisch, bis er Ärger mit Frau Grundbacher und Frau Wyttenbach bekam. – Auf dem Nachttisch? Stimmt, diese Fotografie stand bisher nicht da, dein Scharfblick ist unvergleichlich. Auch Pflegerin Lydia fiel sie sofort auf, als sie gestern mit Regenjacke und Regenschirm in mein Zimmer platzte, parat für unseren Spaziergang, gewappnet gegen jede Form von Niederschlag. Ungefragt nahm sie die Fotografie in die Hand, um sie genauer zu betrachten.

»Ein so fröhliches Paar!«, rief sie mit glänzenden Apfelbäckchen. Ihre Augen leuchteten vor Aufregung über die gemachte Entdeckung. »Wo ist das? Ist das Ihre Frau? Wie das Bild zweier Filmstars!«

»In diesem Teich brachte sie mir das Schwimmen bei.« Ich nahm ihr den Schnappschuss aus der Hand. »Unser Sohn hat das Foto gemacht, er war damals zehn, vielleicht elf.«

»Ich wollte nicht schnüffeln«, entschuldigte sich Lydia. »Nur habe ich das Foto noch nie bei Ihnen gesehen, und als ich es da stehen sah, nun, Ihre Frau und Sie scheinen so …«

Sie beendete den Satz nicht, stattdessen rückte sie den Hocker heran, setzte sich zu mir ans Fenster und ergriff meine Hände. Und weißt du, was ich fühlte? Ich fühlte dich, deine Wärme, Lydias Hände ähneln deinen, und ich erzählte ihr von uns beiden, von unseren halsbrecherischen Ausflügen und verwegenen

Schwimmabenteuern. Wie wir unter den Bäumen an diesem Teich entlanggingen, dem Ufersaum folgend, bis uns niemand mehr sehen konnte. Der Teich lag im Schatten der Bäume, die Sonne stand tief. Wir zogen uns bis auf die Unterwäsche aus und wateten ins Wasser. Du hattest das Haar auf dem Kopf mit Klammern zusammengesteckt, unser Sohn jagte Frösche am Ufer, um Pfeilgift zu gewinnen. Du schwammst durch den Teich und zeigtest mir, wie man sich bewegen musste. Dann hieltest du mich auf deinen Armen im Wasser, und ich übte das Ertrinken. Nach einer Weile hatte ich den Trick heraus und konnte einen halben Meter weit schwimmen, ehe ich unterging.

»Die Hauptsache ist, dass du keine Angst hast«, sagtest du.

Wir gaben uns die Hand und stiegen aus dem Wasser, weil es zu dämmern begann. In dem Moment schoss Markus das Foto.

Pflegerin Lydia hörte lächelnd zu, als ich ihr erzählte, dass wir uns vier Jahre lang jeden Tag geschrieben haben – »Wie geht es dir? Mir geht es gut«, und du schreibst zurück: »Verlobter, mir geht's auch gut, und aus all deinen Briefen weiß ich, dass es dir gutgeht. Hättest du etwas dagegen, mir zur Abwechslung einen richtigen Brief zu schreiben?«

Lydia nickte teilnahmsvoll, als ich von deinem Verehrer aus dem Vogelbeobachtungskurs erzählte und dem Gewitter, das deswegen in mir tobte. Ich erzählte, wie schweigsam ich einen endlosen Tag lang war, nachdem du mich im Bonstettenpark auf den Mund geschlagen hattest. Ich berichtete, wie ich mich im fortgeschrittenen Mannesalter doch noch zu einer nützlichen Haushaltshilfe mauserte – und Lydia schien ebenso erstaunt zu sein wie du damals. Nur ein einziges Mal setzte ich die Staubsaugertüte falsch ein, sodass der ganze Staub herausgestäubt kam. Der abgebrochene Griff der Waschmaschine ließ sich mit Sekunden-

kleber reparieren. Ich stellte die Fotografie an ihren Platz zurück, Lydia bot mir an, in der Cafeteria einen Kaffee zu trinken und warf den Regenschirm in die Ecke.

Ich denke so gern an dich, es gibt so viel zu erinnern. Ich kann mich an keine Zeit erinnern, in der du nicht ein Teil von mir gewesen wärst. Und heute – ich suche dich nicht über den Wolken, ich suche dich nahe bei mir.

Selbstverständlich fühle ich mich unbehaglich in dem Hemd, was denkst du denn, ständig muss ich mit dem Finger den engen Kragen lockern. Es ist verrückt, sich bei der Hitze so anzuziehen, aber vor der Tür wartet der neue Zivildienstleistende auf mich, und ich möchte einen vertrauenswürdigen Eindruck machen: Lukas Zbinden, wissensvoll und aufrichtig, öffnet er sein Herz jedem, der einsam oder glücklos ist, unnachsichtig und furchtlos tritt er jenen entgegen, die Unrecht tun. Ich hoffe, der Zivildienstleistende mag mich ein Stück in die Stadt begleiten, das wäre mein größter Wunsch. Und wenn ich ehrlich sein soll, wäre ich wohl auch ein wenig gekränkt, wenn er es nicht abwarten könnte, mich wieder mir selbst zu überlassen. Es ist schöner, wenn anderen gefällt, woran man selbst Vergnügen hat. Drück mir die Daumen, Emilie.

Kâzim, den Namen habe ich doch richtig verstanden? Reichen Sie einem alternden Spaziergänger die Hand. Mit Treppen tue ich mich schrecklich schwer. Können Sie glauben, dass dieses Betagtenheim einmal ein Privatsitz gewesen ist? Dass hier eine nur vier- oder fünfköpfige Familie gelebt hat? Die Kinder haben sich hier ans Treppengeländer geschlichen und sich hingekauert, während ihre Eltern unten eine patrizische Abendgesellschaft empfingen. – Nehmen was? Sie müssen lauter sprechen. Ich habe zwei Hörgeräte. Mit dem einen höre ich und bekomme Kopfschmerzen, mit dem andern bekomme ich keine und höre aber nichts. – Den Lift? Nein, den Lift nehme ich nie. Im Lift stehen alle steif nebeneinander, blicken starr geradeaus oder halten den Blick gesenkt. Die Tür öffnet sich, einer kommt heraus, ein anderer geht hinein, dreht sich sofort um und blickt unbehaglich zur Tür. Wer hat ihnen befohlen, zur Tür zu blicken? Muss ich einen Lift benutzen, dann wende ich der Tür gern den Rücken zu, sehe den anderen ins Gesicht und sage: »Wäre es nicht wundervoll, wenn der Lift stecken bliebe und wir uns alle kennenlernen könnten?«

Wissen Sie, was dann geschieht? Die Tür öffnet sich auf der nächsten Etage, und alle verlassen den Aufzug.

Ich weiß. Ich stelle Leuten die unmöglichsten Fragen. Ich bitte meinen Sohn, mir die Funktionsweise des automatischen Getriebes zu erklären. Ich frage den Leiter des Betagtenheims, wer ihm die Socken strickt. Frau Grundbacher, halten Sie sich für sensibel und sind bloß beleidigt? Herr Imhof, können Sie eine Pflegefachfrau ansehen, ohne gleich den Wunsch nach tätiger Liebe zu verspüren? Herr Ziegler, unterschätzen Sie sich gern in Ihren Möglichkeiten, die Gefühle anderer zu verletzen? Herr Hügli, stehen Sie auf, um nachzuschauen, ob's regnet, oder pfeifen Sie den Kater herein und fühlen, ob er nass ist?

Wenn ich die sanft abfallende Thunstrasse Richtung Helvetiaplatz hinabspaziere und den zahlreichen Leuten, die mir entgegenkommen, unverfänglich einen guten Tag wünsche, kommt es vor, dass man verunsichert fragt: »Kennen wir uns denn?«

»Nein, aber ich wüsste gern ein bisschen was über Sie. Was treibt Sie an? Was halten Sie für wichtig?«

Und manchmal erwidert jemand verstimmt: »Unverschämter Narr.«

Glauben Sie nicht, dass mich die Ablehnung kaltlässt. Aber ich dämpfe meinen Schmerz. Wie schade, denke ich nachsichtig, dass er mich nicht kennenlernen will. Wenn ich ihn morgen wiedersehe, werde ich ihm noch eine Chance geben.

Wem verdanken Sie Anregungen, Kâzim? Gespräche auf offener Straße höre ich neugierig mit. Zuneigungsbekundungen zaubern mir ein Lächeln auf die Mundwinkel. Ganz genau horche ich hin, schwingt in den Stimmen ein bekümmerter Ton mit. In zehn Minuten werde ich durch die Abgründe des Lebens gezogen, um dankbar für mein Glück weiterzugehen. Meine Frau, Friede ihrer Seele, mochte das nicht, sie behauptete immer, ich sollte es nicht nötig haben, mich an fremden Lebensausschnittsgeschichten zu stärken. Ich berichtete ihr brühwarm ein mitgehörtes Telefongespräch eines aufgeregten Welschen am Bahnhof, dessen läufige Bernhardinerhündin im Auto auf dem Parkplatz der Hundeschule in Lausanne eingesperrt sei, und als ich mich in der Wiedergabe der französischen Fetzen stotternd verfranste, sagte Emilie gelassen: »Lukas, du verlierst dich in Einzelheiten.«

Das ist die sechste Stufe, wenn ich mich nicht irre. Eine prächtige Stufe, nicht? Die nächste Stufe ist Nummer sieben beim Heruntergehen oder achtundachtzig beim Hinaufgehen. Ist sie nicht makellos? – Bitte, was denken Sie, weshalb lege ich die Hand hinters Ohr und zucke mit den Achseln? Sie müssen lauter sprechen, Kâzim. Langsam und deutlich. –

Danke, nicht der Rede wert. Gemächlich, aber es geht. Nur wenn ich die falsche Hüfte belaste.

Letzten Mittwochmorgen spaziere ich durchs Viertel. So früh zeigt sich niemand bereit zu einer kleinen Unterhaltung, bis auf den Zeitungsverteiler Bobby am Burgernziel. Einmal sind mir im Schnee die Füße weggerutscht, ich bin rücklings hingestürzt, und Bobby hat mir aufgeholfen und gesagt: »Ein weniger beweglicher Greis hätte sich glatt das Genick gebrochen.«

Mit dieser schmeichelhaften Bemerkung hat eine von uns beiden geschätzte lockere Freundschaft angefangen.

Ich setze mich neben ihn. Der Stapel Pendlerzeitungen, den er verteilen sollte, ruht auf seinen Knien. Ich erkundige mich nach seinem Wohlergehen, der übernächtigte Bobby erkundigt sich nach meinem. Dann fragt er, ob ich eine Zeitung haben wolle »für im Tram«.

Bobby ist gekleidet, wie seiner Ansicht nach ein Zeitungsverteiler im Frühsommer gekleidet sein muss: Turnschuhe, Bluejeans, Schirmmütze, eine Windjacke, an die seine Legitimationskarte geklemmt ist.

»Die Leute reißen einem sitzenden Zeitungsverteiler die Zeitung nicht aus der Hand«, sage ich.

Bobby seufzt.

»Gib mir den Rest, ich verteile sie im Betagtenheim. Da kommt dein Tram.«

»Das ist nett, Herr Zbinden.« Bobby hebt die Schirmmütze und ruft mir über seinen Rücken ein »Danke!« nach.

Die Haltestelle leert sich, das Tram fährt ab. Dann füllt sich die Haltestelle wieder mit Leuten. Ein Mädchen setzt sich zu mir, ein Mädchen mit Zahnspange und Schulgepäck und schlenkernden Beinen. Ich frage, ob es eine Zeitung haben wolle »für im Tram«, das Mädchen lehnt höflich ab. Es lese keine Zeitung, und ich frage, was es denn gewöhnlich lese. Dann warte ich, weil das Mädchen mich mustert und sich mit der Antwort Zeit lässt. Ich bin so gekleidet, wie meiner Ansicht nach ein Spaziergänger gekleidet sein soll: Seglermütze, fransengeschmückte Proviantasche, schiefgetretene Halbschuhe.

»Am liebsten lese ich Märchen«, sagt das Mädchen schließlich, »Hänsel und Gretel, gerade.«

»Brotkrümel sollten ihnen den Weg nach Hause zeigen«, erinnere ich mich.

»Die Hexe wird verbrannt«, sagt das Mädchen.

»Gehst du gern zur Schule?«

»Ich kann gut rechnen und schreiben, wie eine Maschine. Und ich bin die Beste in NMM.«

»Was ist das?«

»Das weiß niemand genau, aber die Umweltverschmutzung gehört dazu.«

»Ich war früher Lehrer. Da gab's kein Fach, das NMM hieß. Wie alt bist du?«

»Elf, und du?«

»Du musst nur die Runzeln in meinem Gesicht zusammenzählen. Wie die Ringe auf den Hörnern einer Antilope.«

»Weißt du, was ich machen will, nach der Schule? Ich will einen Schmuckladen in jedem Land der Welt.«

»In jedem Land der Welt! Das ist großartig!«

»Vielleicht ohne Neuseeland. Ich hab nichts gegen Neuseeland, wir sind letztes Jahr dort gewesen. Aber es ist zu weit weg für einen Schmuckladen. Was machst du mit all den Zeitungen?«

»Ich möchte sie loswerden.«

»Gib mir ein paar, ich verteile sie in der Pause. Da kommt mein Tram!«

»Sehr lieb von dir!« Ich hebe die Seglermütze und rufe dem Mädchen ein »Danke!« nach.

Neben mich setzt sich ein Geschäftsmann, und die nächsten zehn Minuten wehrt er meine Fragen ab: Ob er eine Gazette wolle »für im Tram« – ablehnende Handbewegung. Was sein Lieblingsfach gewesen sei in der Schule – argwöhnischer Blick. Weshalb seiner Meinung nach Neuseeland von Bijoutiers gemieden werde – er rückt etwas von mir ab, als hätte ich eine ansteckende Krankheit. Ob er beruflich angekommen sei, wo er sich als Junge hingeträumt habe – starrer Blick geradeaus. Vielen Leuten, denen ich begegne, fällt es schwer, aus sich herauszugehen.

Immerhin scheint heute ein ruhiger Tag zu sein. An anderen Tagen rauschen Aktivierungstherapeutinnen und weißbekittelte Pflegerinnen und Urenkel an Ihnen vorbei, dass Sie sich am Geländer festklammern müssen wie an einer Reling, wenn turmhohe Wellen über Bord schlagen.

Hören Sie, Kâzim, ich möchte Sie nicht von Ihren Pflichten abhalten, aber würden Sie mir einen Gefallen tun? Würden Sie mich auf einen Spaziergang nach draußen begleiten? Ich weiß, dass Sie viel zu tun haben, aber ich versichere Ihnen, Sie würden einen Spaziergang nicht bereuen! Gerade weil Sie viel zu tun haben. Spazieren ist die älteste Methode geistiger und körperlicher Entfaltung. Adam und Eva sind aus dem

Paradies spaziert. Sokrates schlenderte auf einer frisch eingeweihten Straße auf der Suche nach kraushaarigen Jünglingen, denen er einen Tritt versetzen konnte. Jesus und der Teufel spazierten in der Wüste und fachsimpelten angeregt miteinander. Der siebenundachtzigjährige Lukas Zbinden ist vielleicht nicht mehr so kräftig, um vor einem Pflug zu gehen, vor jedem Treppentritt sondiert er das Terrain, um nicht ins Leere zu stürzen, aber unbeirrt schreitet er durch alle Gefahren der Straße wie Moses durchs Schilfmeer. Mein Beispiel widerlegt die im Betagtenheim weitverbreitete Ansicht, alte Menschen müssten unweigerlich einem Herzanfall erliegen, wenn sie die Strapazen eines Spaziergangs auf sich nähmen.

Was denken Sie, was Spaziergängern alles zuteilwird? Außerordentliche Lebensfreude! Auf fast schon lächerliche Weise glückliche Beziehungen! Erstaunliche Lösungen von physikalischen Problemen! Isländer spazieren nackt im Schnee, und es gelingt ihnen, ihre Körpertemperatur ohne zu rennen aufrechtzuerhalten. Und wissen Sie das Beste? Auf einem Spaziergang lernen Sie feine Lebenspartner kennen, die Sie nicht einzig wegen Steuer und Rente heiraten.

Als junger Mann, Seminarist, komme ich ins Haus eines Klassenkameraden. Da stehen vor dem Schuhgestell ein paar verdreckte hohe Stiefel. Als ich sie verstohlen in die Hand nehme, stelle ich fest, dass die Sohle ganz abgelaufen ist. Ich stelle die Stiefel hin und später frage ich – es ist eine große Familie: »Wem gehören denn die Stiefel dort?«

»Die gehören unserer Emilie.«

Wir sehen einander an – und bald mussten Verlobungsringe getauscht werden. Aber werden Sie mich nach draußen begleiten, an die frische Luft?

Sie müssen wissen, ich bin ein Gemeinschaftstier, kein Einzelgänger, ich habe gern Gesellschaft auf einem Spaziergang. Für viele mag das Alleinsein ja der entscheidende Grund sein, spazieren zu gehen. Sie wollen sich nicht unterordnen, spazieren lieber, wann und wo es ihnen passt. Sie lassen sich ungern Aussichten kommentieren, sind menschenscheu. Herausfordernd sagt etwa Herr Ziegler aus Zimmer 219: »Ein Spaziergänger ist ein Spaziergänger. Zwei Spaziergänger sind ein halber Spaziergänger. Drei Spaziergänger sind überhaupt kein Spaziergänger mehr.«

Sind Sie Herrn Ziegler schon begegnet? Er grüßt niemanden und dankt für keinen Gruß. Es liegt ihm überhaupt nichts an Begegnungen. Eine kleine, trockene Gestalt, die durchs Heim steuert, sodass sie von anderen Gestalten immer mindestens zwei Schritte entfernt ist. Das Haupt immer ein wenig vorgeneigt, als löse er die letzten Rätsel der Menschheit – die Herkunft der Inschriften von Nazca, die Bedeutung der steinernen Köpfe der Osterinsel und der Kornkreise von Wiltshire. An einem milden Tag setzt er sich mit einem archäologischen Sachbuch auf eine abseitige Bank im Innenhof, und setze ich mich zu ihm und beginne zu sprechen, klappt Herr Ziegler das Buch zu, steht auf und geht, ohne ein Wort geantwortet zu haben. Er macht mir ein bisschen Angst. Seine Frau lebt unweit von hier im Domicil Elfenau, die beiden wollten aus Gründen, nach denen man am besten nicht fragt, in zwei verschiedenen Heimen untergebracht sein. Aber eins können Sie mir glauben: Wenigstens zeitweise spazieren auch Alleingänger wie Herr Ziegler gern zu zweit oder in einer Gruppe von Gleichgesinnten. Sie wissen: Niemand ist so vollkommen, dass er nicht von jemand anderem auf ein entzückendes rotes Nelkenbeet in der Florastrasse, ein hübsches Windchen aus Süd-Südwest auf dem Gurten, eine schummrige Sägemühle in Bümpliz hingewiesen werden könnte.

Der dort hinten auf den Lift wartet, das ist Herr Furrer. Ehemaliger Ingenieur. Ein aufgeschlossener Mann und viel freundlicher zu Zivildienstleistenden als etwa Herr Ziegler. Er erklärt Ihnen mit Freuden, wie der Springbrunnen im Innenhof funktioniert.

Zu den Vorteilen des geselligen Spazierens gehört, dass man nicht so leicht von sich selbst behelligt wird. Das ist besonders wichtig für Spaziergänger, die sich rasch von eigenen Gedanken ablenken lassen. Die über erlittene Kränkungen auf dem Polizeikommando am Waisenhausplatz brüten und geradewegs mit dem unglückseligen Rentner zusammenstoßen, der in dem Moment zufällig um den Oppenheim-Brunnen schlurft.

Nehmen Sie zwei gesellige Landspaziergänger – meine selige Frau und mich: Wir erleben zusammen den Wechsel bunter Magerwiesen mit schattenspendenden Föhrenwäldern. Wir unterhalten uns über die Umwälzungen in der letzten Eiszeit, als die Gletscher weit über Kantonsgrenzen vorstießen, um markante Moränen zu errichten. Emilie schildert das Getöse der gewaltigen Bergstürze, die nach dem Rückzug der Gletscher die Täler mit Gesteinsschutt füllten, und auf einmal finden wir uns wieder in einem unübersehbar weiten Moorgebiet. Wir gehen über schmale, halbversunkene Planken, springen von einer festen Stelle zur nächsten. Manchmal gibt der Morast unter den Füßen glucksend nach. Holzkreuze markieren Stellen, an denen jemand eingebrochen und versunken ist, aber was tut denn Pflegerin Alessandra dort im Korridor? Warum kriecht sie auf allen vieren herum? Hier lang, Kâzim. Alessandra! Sehen Sie, jetzt liefe sie gern weg, aber sie kniet auf ihrem Kittel.

Fein, Sie anzutreffen, Alessandra. Was tun Sie auf den Knien? Fühlen Sie sich nicht wohl? – Wie? Nun, vielleicht, wenn Sie die Hand vorsichtig hineinzwängen, wer weiß? Kennen Sie den jungen Herrn schon? Unser neuer Zivildienstleistender, seine erste Woche. Sein Name ist Kâzim, Seite an Seite gehen wir einträchtig die Treppe hinunter. – Richtig, Sie sagen es. Ein gewichtiger Teil meines Lebens spielt sich auf dieser Treppe ab. Ich bin schon so oft an dieser Topfpflanze vorbeigegangen, dass ich sie als enge Freundin bezeichnen kann. – Gute Frage, Alessandra, ich weiß es nicht, gefällt es Ihnen so weit bei uns, Kâzim? – Sie sollen sich hier heimisch fühlen. Es ist nicht halb so schlimm, wie Sie es sich möglicherweise vorstellen. Man mag sich ein bisschen davor fürchten, das ging mir genauso. Als ich das erste Mal in die Eingangshalle kam und all die alten Leute sah, ich sage Ihnen, da war ich ganz verschreckt. Alessandra, wie wäre es, wenn Sie sich wieder auf Ihre zwei Füße begeben würden? Sie könnten uns begleiten. – Nein, nein, dann lassen Sie sich von uns nicht stören. Bis später! Zurück zur Treppe, Kâzim.

Sie werden bestimmt bald alle in Ihr Herz schließen: die ehrbaren Damen und exzentrischen Herren, die gesprächigen Witwen und die schweigsamen Junggesellen, die routinierten Gehbockbenützer, schlurfenden Stubenhocker mit dörrfleischigen Gesichtern. Die Verwirrten, deren Gedanken durcheinanderrollen wie Erbsen auf einem Teller. Die medizinisch Betreuten mit einem Cocktail in den Adern, bei dem Blut eine nebensächliche Zutat ist. Ausgediente Ingenieure, Gewerbetreibende, Büroangestellte, Hausfrauen, Beamte, Armeeangehörige, Feuerlöschgerätekontrolleure, Busfahrer, Übersollarbeiter, Service, Papeterie. Leute, die sich Urlaub erst gönnten, als Ferien gesetzlich vorgeschrieben wurden. Therapeuten und Küchenhilfen. Immer zwei oder drei Stufen überspringende Urenkel. Pflegerinnen, an jeder Hand einen Bewohner zum Lift führend, sich bemühend, nicht zu vergessen, dass wir schon vor dem Wechsel ins Betagtenheim ein Leben gehabt haben. Ängstliche Söhne und Töchter, die im Zuge eines Ausflugs in die Berge die Heimleitung anrufen und sie bitten, auf das Geld aufzupassen, das die alten Leute bei sich haben.

Gestern sitze ich in meinem Zimmer auf meinem Hocker mit geflochtenem Sitz und warte auf Pflegerin Lydia, die mir einen Spaziergang Richtung Tierpark versprochen hat. Sie kommt herein, trägt noch ihre Regenjacke, und sagt: »Herr Zbinden, der Spaziergang ist abgesagt. Wir gehen einen Kaffee trinken in der Cafeteria«, und hängt sich ein und zieht mich hoch.

»Mir macht Regen nichts aus«, sage ich, weil mich die Vorstellung schaudert, in der Cafeteria einen Kaffee zu bestellen und einen Nescafé zu bekommen. Für den wir übrigens jeden Monat zehn Franken einzahlen. Um zehn Uhr morgens ist der Raum immer brechend voll mit Leuten, die versuchen, sich einen entsprechenden Gegenwert für ihr Geld zurückzuholen, ohne dabei vor Sodbrennen umzukommen.

Also setze ich die Mütze auf und überlasse Lydia Frau Rossi, die in die Gebetsgruppe geschoben werden soll. – Müde? In Lydias Alter ist man nicht müde, Kâzim. – Die Luft? Sie meinen die Luft hier im Heim? Die macht Lydia müde? Wenn Lydia spazieren ginge und im Regen den aufgespannten Schirmen der Tierparkbesucher ausweichen müsste, hätte sie gar keine Zeit, sich müde zu fühlen.

Ich hatte dann einen ziemlich weiten Heimweg vor mir und obendrein eine mit einem ungebrauchten Regenschirm gefüllte Proviantttasche zu tragen. Die Bänke des Tierparks waren längst außer Sicht, es fand sich kein fahnenbewehrter Marktplatz zum Ausruhen, und der einzige Mensch, der vorbeiging, war ein junger, vielleicht vierzigjähriger Mann. Als er in meine Nähe kam, fragte ich ihn, ob er seine gute Tat für heute tun und mir die Tasche tragen wolle. Wortlos nahm er sie, dann, nach ein paar Schritten, nahm er meinen Arm, und noch ein paar Schritte weiter befahl er: »Stehen bleiben und tief durchatmen!«

Folgsam tat ich wie geheißen, was ihm offensichtlich gefiel, denn er wiederholte seinen Befehl alle paar Schritte. Obwohl ich wieder bei Kräften war, bestand er darauf, mich bis zum Heim zu begleiten. Wo ich auch hinwollte. Auf seine Frage, was denn im hohen Alter am schwierigsten sei, antwortete ich: »Das Hinfallen.«

Sie stolpern, Kâzim, Sie verlieren das Gleichgewicht. Sie erheben sich aus dem Sessel, fühlen Ihre Knie wanken und stürzen bäuchlings zu Boden. In ein paar Jahrzehnten werden Sie auch hinfallen, da lässt sich nichts machen. Alte Leute stürzen leicht – mein Schwager Ignaz beim Hinausstellen des Kübels für die Grünabfuhr, mein Großvater beim Sprung von der Straßenbahn. Die Versuchung ist groß, einfach sitzen zu bleiben, wo immer man sich hinsetzt. Ich kann Ihnen sagen, wie gefährlich das ist. Ganz leicht kann dies das Ende für einen Spaziergänger bedeuten. Herr Feuz, Zimmer 302, hat sich angewöhnt, statt sich zu erheben, um einen Gast zu begrüßen, einfach zu sagen: »Ich darf doch sitzen bleiben?«

Natürlich ist niemand herzlos genug zu erwidern: »Nein – stehen Sie gefälligst auf«, und doch sollte man es tun, zu seinem Besten.

Abgesehen von diesem Kampf gegen allzu häufiges Hinfallen nehme ich meine Schwächen nicht allzu ernst. Dinge zu verlieren oder zu verlegen, etwas zu verschütten, vieles zu vergessen. Die Bewegungen, mit denen ich den Mantel anziehe, sind anders als noch vor einem Jahr, und mehr als einmal ließ ich die Tasche liegen. Man sollte sich aber als alte Person nicht für weniger wichtig halten als damals, als man jünger gewesen ist. Emilie hat immer gesagt, das einzig wirklich Wesentliche sei, dass man lebendig bleibe, tätig und interessiert und dem zugewandt, was in der Natur vorgehe und in einem selber. Darüber ließe sich auf einem gemeinsamen Spaziergang ausführlicher sprechen, Kâzim.

Meine Frau war begeisterte Landspaziergängerin, müssen Sie wissen. Emilie mochte schwindelerregende Höhen, alte Holzbrücken, malerische Weiden und Obstgärten an Flussufern. Ihre Intuition hieß sie, die Wege zu verlassen und steinige Felsen zu ersteigen, die ihr einen Blick auf gelbe Felder und Hügel rings um sie gewährten. Sie mochte Kiesbänke, deren weißgraues Muster als Tarnung für das Gelege von Flussregenpfeifer und Strandläufer dienen. Vor Emilies Scharfblick war jede Tarnung nutzlos. Ihre Sehkraft war erstaunlich.

Bis zuletzt konnte sie in der Weissenau still sitzende Vögel in Gehölzen erkennen, die für meine Augen unsichtbar blieben. Emilie schmerzte es immer, wenn eine Mulde mit Bauschutt aufgefüllt, ein Weg geteert, ein Holzzaun durch ein Metallgitter ersetzt wurde. Wenn vergreiste Scheunen einem Parkplatz wichen, Waldränder und Bäche begradigt wurden. Berge – früher schroff, heute eingeebnet.

Emilie! Sie hatte ein schmales, sonnengerötetes Gesicht, waagrecht ruhende Augen, eine spitze Nase, und sie war mager wie ein Lamm. Die Tochter eines Baumschulgärtners aus Ostermundigen. Ich sage Ihnen: Alles an ihr war voller Schwung. Hätten wir nicht geheiratet, ich wäre mein Leben lang hinter ihr her gewesen. Vorsicht. Vor Ihrem Fuß liegt ein wunderbares Geschöpf. Wie kommt die Raupe hierher? Hat sie der Geruch angelockt, der Geruch von Fußbodenwachs mit Limonenduft? – Wie? Nuscheln Sie nicht so in sich hinein, Kâzim. Aber bitte, auf den Ficus. Gute Idee. Glauben Sie, das Betagtenheim hat für Fremde einen seltsamen Geruch?

Ich bin vielleicht ein geselliger, aber keinesfalls ein eifriger Landspaziergänger, muss ich zugeben. Über monotone Wiesen zu gehen oder mich in Wäldern den Zecken preiszugeben ist nicht meine Sache. Für ein Pferd, das auf einer Weide grast, habe ich keinen Blick. Erst aufgezäumt und geschmückt und in einem Festzug findet es meine ganze Bewunderung. Emilie mochte Bäume, die ganz zufällig in der Landschaft stehen, ich mag Bäume gereiht. Ich habe nichts dagegen, wenn Kuhweiden in die Bauzone gelangen und durch Aluminiumhangars und kostenlos unterhaltende Geschäftsmeilen ersetzt werden. Ich sehne mich nach Ruhe, aber ich ertrage sie nicht.

Die verschiedensten Mittel wandte Emilie an, um mich aus Siedlungsgebieten zu locken. Sie drehte das Radio lauter, stellte eine unverständliche Frage, und ich nickte zustimmend. Unterwegs brachte sie mir die faszinierenden Seiten der Natur näher, während ich mich ihr zuliebe langweilte.

»Siehst du, Lukas«, konnte sie sagen, »die Tanne hat für Blätter nichts übrig und ist trotzdem grün von Kopf bis Fuß … Nicht jeder Vogel fliegt nach Afrika … Und jetzt zeige ich meinem Mann den letzten Tautropfen, wie er vom letzten grünen Blatt des letzten Zweiges am letzten Baum der Erde fällt …«

Nörgelnd lief ich an Waldrändern entlang und zählte die Schritte. Nach einem Landspaziergang dürstete es mich oft danach, etwas Technisches zu tun, etwas, dessen Unnatürlichkeit klar erkennbar war. Ich kletterte auf einen Stuhl und wischte den Dunstabzug sauber.

Oft begleitete ich Emilie, um sie davon abzuhalten, allein über Land zu schlendern. Einmal – Emilie ist für sich im Simmental unterwegs – hält ein Mercedes und ein Arm winkt ihr vom Fenster aus zu. Sie geht hin, erwartet vielleicht lang verschollene Verwandte, aber dann sitzt niemand drin, den sie kennt.

»Möchten Sie schwimmen, junge Frau?«, fragt eine Stimme von drinnen und öffnet einladend die Beifahrertür. »Ich bin eben an einem kleinen prächtigen See vorbeigefahren, fünfzig Meter weiter hinten.«

Wenn Sie mit einer Landspaziergängerin verheiratet sind, fürchten Sie jeden Tag, dass sie in achtzehn blutdurchtränkten Papiertüten zurückgebracht wird.

Ich weiß nicht, wie sich die klimatischen Verhältnisse über die Stockwerke verändern, aber der Unterschied zwischen dem Ficus im Parterre und dem hier über dem zweiten Stock ist deutlich – der hier gedeiht viel, viel besser.

Haben Sie sich schon mit Frau Beck bekannt gemacht, von der Putzequipe? Sie verteilt Limonenduft auf dem Boden, wischt das Regal, saugt den Teppich, lüftet das Zimmer, ich verkürze ihre Arbeit durch Mitteilungen über Dinge, die um sie herum vorgehen. Frau Beck erwidert entkräftet: »Oh, Herr Zbinden, Sie immer mit Ihrem Gerede vom Spazieren. Man sagt doch, es gibt so viele Geschmäcker, wie's Menschen gibt. Ebenso viele Hobbys muss es geben.«

»Frau Beck, ich muss mich doch sehr über Sie wundern. Spazieren ist doch kein Hobby! Wissen Sie, was Spazieren heißt?«

Sie hastet mit meiner Wäsche im Deckelkorb davon, bevor Spaziergänger Zbinden sie noch weiter aufklären kann.

Wissen Sie, was Spazieren heißt? Spazieren heißt: Aneignung der Welt. Den Zufall preisen. Unheil durch Abwesenheit verhindern. Mit den Bienen sprechen, obwohl man dafür schon etwas zu reif ist. Keine sonderliche Eile pflegen auf einer Straße, die von der Nachmittagssonne geheizt ist wie ein Backofen. Das Tram verpassen. Düsteren Jünglingen, deren Stimme noch nicht vollkommen mutiert ist, in Hörweite folgen. Gemeinsam mit Bobby die in den Schnee gezeichneten Rutschspuren lesen. Das eigene Tempo gehen. Spazieren heißt: Mehr Leute grüßen, als man kennt. Im Trubel des Weihnachtsmarkts Frau Dürig verlieren. Die Stürme von fern her wittern. Sachschaden vermeiden. Sich darüber wundern, wie viel man von einem Baum wegschneiden kann, ohne ihn umzubringen. Sich zusammen mit Emilie der Planeten, die über einem stehen, bewusst werden müssen. Spazieren heißt: Sich immer ein bisschen mehr wünschen, als ein Spaziergang bieten kann, aber niemals so viel, dass man entmutigt wird. Ein Spaziergang heilt die verstörte Seele und das gebrochene Herz. Die Tür ist offen, wer hinaustritt, wird selig.

Wird selig, ich weiß, das hören Sie nicht gern. Es erscheint Ihnen lächerlich, nicht wahr? Da gehe ich einmal über die Kirchenfeldbrücke. Zwei Männer, ein jüngerer, ein älterer, stehen vor dem Casino am Zytglogge. Als ich vorbeigehe, grüßt der Ältere: »Guten Tag, Herr Zbinden!«

Jetzt bin ich an der Reihe zu fragen: »Kennen wir uns?«

Da lacht er und erklärt dem Jüngeren: »Das ist mein ehemaliger Lehrer. Herr Zbinden. War ein ganz ordentlicher Lehrer.«

»Samuel!«, rufe ich, »Samuel Klopfenstein! Sie kamen immer zu allem zu spät«, und ich wundere mich, dass auch in einem kleinen Land zwanzig oder dreißig Jahre vergehen können, bis man seine ehemaligen Schüler zufällig trifft.

»Für den Fall, dass die Kreiden im Schwammbecken lagen, trug Herr Zbinden immer welche bei sich, drei weiße, eine blaue, eine rote. War nicht sein einziger Tick.«

»Mein was?«

»Wirklich, Herr Zbinden, Sie waren ein ganz ordentlicher Lehrer. Aber Sie sprachen immer vom Spazieren.«

»Herrje!«, rufe ich strahlend. »Das ist kein Tick!« Ich wende mich dem Jüngeren zu. »Ich nehme an, Sie haben einen Beruf, der Sie voll und ganz beansprucht. Daheim erwarten Sie zwei Kinder. Sie versuchen die Bedienungsanleitung der neuen Fotokamera zu lesen, während die kleine Diana lautstark darauf besteht, mit ihr das Bilderbuch *Schau, was krabbelt denn da?* anzuschauen, und der kleine Bruno Ihnen die Finger in die Augen bohrt, um festzustellen, ob Sie noch leben. Jetzt hängt alles daran, ob Sie sich einen Raum zur freien Entfaltung geschaffen haben, der nicht der Schnapskeller ist. Jetzt hängt alles daran, ob Sie spazieren oder sich zu Tode trinken. Spazieren Sie, junger Mann?«

»Siehst du«, wendet der Ältere sich lachend dem anderen zu. »Jetzt fängt er wieder an.«

Sehen Sie meine Schuhe an. Lederbrandsohlen, zwiegenäht. Im Heim trage ich einfache Schlarpen. Spaziere ich in diesen Schlarpen im Innenhof, verliere ich sie immer wieder. Was schließen wir daraus? Dass ein Mensch draußen unwillkürlich energischer ausschreitet. Als meine anspruchslose Großmutter spazieren ging, trug sie Schuhe, die sie ohne Unterschied an den rechten oder linken Fuß anziehen konnte. Sie musste dies sogar, damit sie sich gleichmäßig abliefen. – Schnapskeller, hier? Sie spaßen, Kâzim, hier gibt es keinen Alkohol. Nur ein Viertel Wein bei den Mahlzeiten ist erlaubt, der Heimleiter achtet darauf, dass es dabei bleibt. Das Ergebnis sind Herr Probsts heimliche Abstecher ins Warendepot der Küche, um dem Wein mit Kirsch nachzuhelfen. Bis wie lange nach dem Frühstück ist es für ein Glas noch zu früh, Herr Probst? Wem haben Sie Ihren Alkoholismus zu verdanken?

Auch wenn sich die Beine wacklig anfühlen, spaziere ich. Auch wenn ich überhaupt keine Lust auf einen Spaziergang verspüre. Wie man sich vor einem Spaziergang fühlt, steht oft im umgekehrten Verhältnis zu dem, was der Spaziergang bringen wird. Je schlechter man sich fühlt, desto wundervoller der Spaziergang, vielleicht, weil Missstimmungen den

Adrenalinausstoß im Körper erhöhen. Ich sprang nicht gerade vor Freude an die Decke, wenn Emilie vorschlug, trotz des regnerischen Wetters nach Falken und Habichten beim Militärflugplatz Ausschau zu halten, aber ich habe doch immer nach meinen Spazierschuhen gesucht. Falken, Sperber und Habichte hockten früher auf jedem Telefonmast, müssen Sie wissen. An ihrem Verschwinden gab Emilie jahrelang ihrer Beobachtungsgabe die Schuld. Bis sie einsah, dass es sie ganz einfach nicht mehr gab.

Geht es Ihnen zu langsam die Treppe hinunter? Sie dürfen es ruhig sagen. Sie brauchen nicht aus reiner Nächstenliebe zu behaupten, gern langsam zu gehen.

Sie sehen, ich bin schwach auf Treppen, aber ich sage nicht: »Ich stürze nicht«, denn die Vorstellung »stürzen« provoziert leichter einen Sturz, als dass ihn die Bedeutung des angehängten »nicht« verhindern würde. Ich sage mir: »Ich gehe sicher auf Treppen.«

Wenn Sie die Absicht haben, sich einen Schnupfen vom Leib zu halten, sagen Sie nicht: »Ich erkälte mich nicht«, sondern: »Meine Schleimhäute arbeiten tadellos, mein Immunsystem ist mein Schild und Schutz zur Zeit der Gefahr, in ihm bin ich geborgen, in ihm bin ich unangreifbar.«

Wenn Sie aus Angst vor Bären nicht durch den Wald gehen mögen, sagen Sie – aber wer kommt denn da auf uns zu! Frau Jacobs, alles in Ordnung? – Sie sind in Eile, sehe ich. – Besuch? Nett für Sie. – Ach je. Dann tun Sie doch ein bisschen Melkfett drauf! Dann juckt es nicht so. – Bestimmt! Lassen Sie sich von Lydia Melkfett geben! – Die Gurtners kenne ich nicht, oder? – Aha. Ja? – Wirklich? – Und ob. – Aber ja. –

Dieses Hemd, sagen Sie? Aber das soll doch nicht mehr sein als ein vertrauenerweckender Lumpen! Darf ich Ihnen unseren neuen Zivildienstleistenden vorstellen? Kâzim, sein Haar lockt sich trotz aller gegenteiligen Bemühungen. – Aber nein, ich bitte Sie, lassen Sie sich von uns nicht aufhalten. – Wenn Sie eine Treppe höher kommen, fallen Sie nicht über Alessandra. Sie sucht auf allen vieren den Stiftzahn von Frau Binggeli. – Und lassen Sie sich von Lydia … Genau!

Eine temperamentvolle Dame. Haben Sie bemerkt, wenn Frau Jacobs lacht, verändert sich ihr Gesicht vollkommen? Ihre Augenpartie legt sich in tausend kleine Fältchen, und sie entblößt zwei Reihen makelloser, schneeweißer Kunstzähne. Niemals wieder, rief sie einmal triumphierend, würde ein Zahnarzt bei ihr eine schadhafte Stelle entdecken. – Oh, ich weiß. Man hat Ihnen gesagt, Frau Jacobs beschwere sich oft. Dass man ihr eine Bluse herausgelegt habe, die ihr nicht gefalle. Das Drama wegen der Augentropfen. – Selbstverständlich, Kâzim. Aber Frau Jacobs schlägt Lydia, weil sie ihr die Augentropfen kurz nach dem Wecken im Halbschlaf verabreicht. – Sicher. Fragen Sie nach. Ich strecke auch manchmal das Bein aus, wenn Lydia ins Zimmer platzt und nach dem Arm verlangt. Nicht immer einfach fürs Pflegepersonal, wir Greise und Narren. Aber um auf die Bären zurückzukommen: Ich kann Sie beruhigen. Die Wahrscheinlichkeit, dass Sie bei einem Waldspaziergang auf einen Bären treffen, ist gering. Sofern Sie dichtes Gebüsch mit Beeren meiden, Bärenfährten nicht folgen und ein Glöcklein am Knöchel festgebunden haben. – Sie fürchten sich nicht vor Bären? – Vor Hunden? Dem Hund nie in die Augen schauen.

Ein geselliger Spaziergänger wie ich bekommt von allen Seiten Ausreden zu hören. Mein mittlerweile auch ergrauter Sohn sagt, spazieren sei für Rentner. Spazieren stehle Zeit. Keiner sonst tue es. Es gebe Motoren, um das zu erledigen. Man sei nicht attraktiv genug. Man habe etwas Besseres vor. Man falle hin. Spazieren bedeute, mit Leuten zusammenzukommen, die man in der eigenen Wohnung meiden könne. Es mache Muskelkater. Blasen an den Füßen. Man sei dem Wetter ausgesetzt und jeglichem Schmutz, der dahergeweht komme. Das menschliche Herz sei für soundso viele Schläge programmiert, und man sterbe, wenn der letzte Schlag verbraucht sei. Jede Aktivität, die die Herzfrequenz steigere, müsse verhindert werden. Er sagt: »Vater, du willst mir bloß das Autofahren vergraulen.«

Mein Sohn als Fahrzeuglenker: Eine Hand am Steuer, die andere aus dem heruntergekurbelten Fenster baumelnd. Die Armbanduhr trägt er vorübergehend am rechten Handgelenk, damit sein linkes Handgelenk in der Sonne nachbräunen kann. Seine Sorgen, wenn er zu einem Spaziergang aufgefordert wird, sind wahrlich von besonderer Art. Das Gesicht starr und bleich vor Unmut, scheint er sich zu fragen: »Wie lange mag es dauern, bis ich überhaupt irgendwo ankomme? Wie mag daheim alles drunter und drüber gehen, während ich untätig spaziere? Womit soll ich bezahlen, was sich während des Spaziergangs an Rechnungen ansammelt?«

Von solchen Zweifeln sollte er sich nicht widerstandslos überfluten lassen, was meinen Sie? Ich sage immer: Einen Autoreifen mit einem Vierkantschlüssel vor sich herzutreiben, das ist eine von vielen kurzweiligen Methoden, wie sich ein Automobilist den Einstieg in den Fußverkehr erleichtern kann. Steigen gleich mehrere ein, treibt ein Automobilist den Autoreifen an und die anderen werfen ihre Autoschlüssel hindurch, während der Reifen noch trudelt. Sie lachen! Aber die Wahrheit ist, niemand bekommt meinen Sohn aus hermetisch abgeriegelten Räumen heraus. Sollte er einmal aus der Tür treten und einfach an seinem Wagen vorbeigehen, werden Glocken läuten und allen und jedem mitteilen, dass hier ein wahrhaftiges Wunder geschieht. – Beruflich, mein Sohn? Biochemiker. In einem Labor, das ihn nicht allzu unter Druck setzt. Einmal sagte er: »Ich habe einen Bakterienstamm angelegt und dann den ganzen Vormittag damit zugebracht, einem Scania-Sattelschlepper beim Wenden zuzusehen.«

Ich kann mir vorstellen, was Ihnen durch den Kopf geht. Die Antwort ist: Nein, ich habe nichts gegen Automobilisten. Was sollte ich gegen Automobilisten haben? Sie bringen sich um vor Höflichkeit. Wenn ich am Fußgängerstreifen beim Migros Freudenberg stehe, kommt der ganze Autobahnauffahrtsverkehr zum Stillstand, weil einer anhält und mir winkt, ich solle hinübergehen.

Holt mich mein Sohn für einen Vater-Sohn-Ausflug zum Grab Emilies ab, übe ich mich gewissenhaft in der Kunst des Beifahrens. Ich blicke in den Spiegel der Sonnenblende und schneide kurzweilige Fratzen. Schaue grimmig und wüst, lächle hold. Wie ein übermütiges Kind. Ich beuge mich vor und sehe durch die Windschutzscheibe, entdecke in den Wolken über dem Niesen Schnürstiefel und Kontrabässe, eine verwesende Mumie, ein aufgedunsenes Schaf, einen sprechenden Kopf im Profil. Ist der Himmel wolkenlos, freue ich mich über die gute Chance für die Sonne und berichte meinem Sohn, wo die Sonnenstrahlen landen: »Linkerhand scheint die Sonne in einen Hünibacher Stall und kitzelt ein Schwein am Ohr, sodass es niesen muss. Rechterhand scheint die Sonne auf das Parkhotel, das langsam dorrt und schrumpft.«

Mein Sohn kennt sich sagenhaft gut aus mit den bunten Autos, die an uns vorbeifahren. Als Kind hat er alle Wagen aus den Illustrierten und Werbeheften ausgeschnitten, die Cadillacs, Buicks, BMWs, die noblen Borgward-Hansas, die Chevrolets, den Opel Kapitän, das unwahrscheinlich lange Oldsmobile 98, noch heute erkennt er jede Marke, und wenn er gut auf mich zu sprechen ist, weist er mich in diese Fertigkeit ein. Schaue ich ein paar Minuten konzentriert in die fliehende Umgebung und schließe dann die Augen, stellt er mir Fragen wie: »Wie viele silberne Citroëns parkten vor den Beatushöhlen? Welche Abzweigung nahm der rote Datsun mit den getönten Scheiben?«

»Schau dir das hier an.« Auf dem Parkfeld beim Friedhof Unterseen hebe ich die Füße auf das Bord vor der Windschutzscheibe. »Weißt du, was das sind?«

»Das sind Füße«, sagt Markus betont ruhig.

»Und was denkst du, wozu man die braucht?«

»Links Kuppeln, rechts Gas geben.«

Markus behauptet, Autos mit verbundenen Augen erkennen zu können, wenn sie auf dem Parkplatz stehen und mit einem ungleichmäßigen Knacken abkühlen. Ein Talent, das sich anhand seiner unmittelbaren Vorfahren nicht erklären lässt.

Haben Sie Kinder, Kâzim? Wir müssen das jetzt nicht vertiefen, aber schenkt man einem Kind statt eines Trettraktors eine Regenpelerine, kann es einmal aufs Auto verzichten.

Wobei ich begriffen habe, wie falsch man heute die Art und Weise findet, wie ich meinen Sohn zum Spaziergänger habe erziehen wollen. Ich schleife ihn weg von seinem Chemiebaukasten, während Emilie mit seiner Regenpelerine bereitsteht.

»Nein!«, brüllt Markus, »ich kann es einfach nicht glauben, dass ich auf diesen beschissenen Spaziergang mit Nägelis mitkommen soll! Nägelis sind eure Freunde, nicht meine!«

»Es geht nicht um Nägelis, es geht um deine Kameraden vom Sportplatz.«

»So?!«

»Es geht darum, dass ihr mit Lisa Stolls Puppen Elfmeter schießt.«

»Das ist verdammt noch mal nicht wahr! Welcher Arsch behauptet –«

Auftritt Emilie: »Du gehst mit uns, bis du lernst, auf andere Weise mit deinem Vater zu reden.«

»Ich muss ein Adoptivkind sein! Meine richtigen Eltern würden mich doch nicht so behandeln!« Er ist bleich vor Wut, seine Stimme kippt. »Und diese verdammte Kinderpelerine ziehe ich bestimmt nicht an!«

»In deinem Alter ist mein Bruder an einer Lungenentzündung gestorben!« Diesen Satz schleudere ich ihm entgegen. »Ich habe keine Lust, dass dir das Gleiche passiert!«

Wir haben alle eine empfindliche Stelle, die keine Berührung verträgt.

»Wenn du mal eigene Kinder hast«, sagt Emilie versöhnlich

und wirft unserem Sohn die Pelerine über, »dann mach es eben gleich von Anfang an besser.«

Im Steindlerschulhaus hörte ich oft den seufzend vorgetragenen Spruch, dass man sich eigene Kinder anschaffen solle – weil das die einzigen Kinder seien, die wirklich etwas für einen übrig hätten. Es gab Zeiten mit Markus, da zweifelte ich stark daran. »Einen Lehrer zum Vater zu haben ist ein Unglück«, sagte er oft, wenn ihn Mitschüler, die eigentlich seine Freunde hätten sein sollen, ihm im Lernschwimmbecken die Badehose ausgezogen oder ihn vom gemeinsamen Elvis-Presley-Hören ausgeschlossen hatten. Finden Sie auch, Ihre Eltern hätten nicht Eltern werden sollen?

Sicher, die Welt war damals anders. Zu Fragen wie Disziplin und Ordnung hatte ich eine weniger entspannte Einstellung als mein Sohn heute. Sitz gerade und iss auf, klettere nicht im Wäschehaufen herum, wie heißt das Zauberwort? Erst räumst du die Sachen weg und ziehst deinen Pyjama an. Ich dachte, wir hätten ausgemacht, dass man nicht mit Holzpfeilen auf Menschen zielt? Fingernägel sind keine Lebensmittel. Erhielt er zu viele Weihnachtsgeschenke, wurde die Hälfte weggeschlossen und fürs nächste Jahr aufgehoben.

Ich hatte immer befürchtet, wenn mein autobegeisterter Sohn sich einmal würde entscheiden müssen, entweder ein Kind oder sein Fahrzeug zu retten, dann quetschte er das Kind in den Rinnstein. Dabei nimmt Markus die Geschwindigkeitsbegrenzungen sehr genau, hält sich stets diesseits der Mittellinie, legt sich nicht mit Rentnern an, die in Porsches vor ihm herzuckeln, und er hat sich als großartiger Vater herausgestellt: Ich erinnere mich an all die farbigen Fotoalben, die bei seiner Familie im Bücherschrank stehen. Ich nehme eines heraus, und es ist zufällig eine Chronik des siebten Altersjahrs meiner Enkelin, mit lustigen Kindersprüchen zur Einschulung und Geburtstagskarten zwischen den Fotos. Ich sage: »Da hat sich Verena aber viel Arbeit gemacht.«

Und meine Enkelin erwidert ganz erstaunt: »Nein, das hat Paps gemacht.«

Emilie gehörte noch nicht der Frauenbewegung an – dem Stimmrechtsverein und der Internationalen Frauenliga für Frieden und Freiheit –, aber sie hatte Markus beigebracht, wie man bügelt, wie man Knöpfe anbringt, wo die Wundsalbe versorgt ist. Bewusst unter dem Motto: Ich zeige dir das, damit du dich nie von einer Frau bedienen lässt.

Zur Adventszeit raffte ich mich jeweils auf, holte einige Zweige aus dem Garten, befestigte ein Gesteck an der Haustür, half beim Einstielen des Tannenbaums, band mir eine Schürze um und knetete Teig, jeden Abend hatte ich Bauchschmerzen vom rohen Mandelteig.

Einmal, als Emilie außer Haus war, sagte der naseweise Kerl zu mir: »Weißt du, jetzt wo Mama fort ist, könnte ich alles genau wie sie für dich tun.«

Sein Taschengeld hatte ich ihm allerdings schon ausgezahlt, und mit dieser Unvorsichtigkeit jeden Ehrgeiz in ihm erstickt.

Habe ich es schon erwähnt? Spazieren heißt: Herauszufinden, wer man ist, und zu mögen, was man dabei entdeckt. Ich bin ein sanftmütiger Spaziergänger. Ein Mensch, der nach beruflichem Sturm und Drang, nach ehelichem Triumph und väterlicher Niederlage die innere Balance zurückgewonnen hat.

Wäre die Erde nur von sanftmütigen Spaziergängern bevölkert, würde es nie ein Gedränge, eine Rempelei, eine Vortrittsmissachtung, einen Rippenstoß geben, und Ohrfeigen nur zur Prävention. Möchten Sie einen Apfel? Hier, aus der Cafeteria, nehmen Sie. – Nein, wir müssen ihn uns nicht teilen. – Keine Ursache. Meine Provianttasche ist immer tief genug für Äpfel, Postkarten, Hörgeräte.

Denken Sie nicht, ein Mensch würde von selbst und von ungefähr Spaziergänger. Die Erziehung zum Spazieren beginnt früh. Spätestens im Alter von zwölf Jahren lassen sich spaziergeübte Kinder ausdifferenzieren in sanftmütige, intuitive, ungestüme, charmante und ernste Spaziergänger. – Nein, der Apfel ist für Sie. Ich will die Hälfte nicht. – Wenn Sie auf diese Weise nehmen, Kâzim, möchte ich nicht wissen, wie Sie geben.

Ernste Spaziergänger haben ihren Spaziergang zu erfüllen und harte Arbeit zu verrichten. Sie wollen etwas leisten. Widrigkeiten wie Wind, der an ihnen zerrt, verursachen ihnen eine verbissene Freude. Ernste Spaziergänger entwickeln sich oft zu Bergwanderern. Schritt für Schritt, Zoll um Zoll bahnen sie sich mit überschwerem Gepäck und nach ausgearbeitetem Zeitplan den Weg aufwärts, vorbei an schattigen Viehhütten, Leute überholend, die ihnen leichtfüßig und ohne Rucksack ein »Hallo« hinterherrufen, was jene mit einem »Grüß Gott« beantworten. Keine Alpwiese ist ihnen zu steil und kein Gestrüpp zu dicht. Ist die Höhe gewonnen, sinken sie in vergeistigter Pose auf einen Stein.

– Charmante Spaziergänger? Wenn sie lächeln, lächelt alles mit. Das wissen sie und lächeln gern etwas oft und viel. Charmante Spaziergänger können es sich erlauben, unschmeichelhafte Sachen zu sagen, die man anderen niemals verzeihen würde. Sie verdrehen allen die Köpfe. Nur wenige bleiben ledig. Nach der Scheidung werden die Kinder ihnen zugesprochen.

Wie nähert sich ein charmanter Spaziergänger einer reizvollen Frau? Er tritt ihr vor dem Kleidergeschäft auf den Fuß. Die Frau äußert ihren Schmerz mit einem »Au«.

Der charmante Spaziergänger entschuldigt sich. »Es tut mir furchtbar leid, verzeihen Sie mir. Normalerweise bin ich nicht so ungeschickt. Kann ich Sie auf einen Tee einladen?«

Aber diese Strategien sind ja der Mode unterworfen.

Meine Frau war eine durch und durch intuitive Spaziergängerin. Sie können sich keine nervenaufreibendere Tätigkeit vorstellen, als jene, die Begleitung einer intuitiven Spaziergängerin zu sein. Tausendmal hielt ich Emilie für ein kopfloses Huhn. Ihr Spaziergang war ein Hin und Her, ein unbekümmertes Vorwärts und Rückwärts. Gerade Wege schien es für sie nicht zu geben. Wohin sie in der einen Sekunde ging, dahin wollte sie in der nächsten noch längst nicht. Emilie holte Milch für unseren frischgerösteten Kaffee und kam mit der Bäuerin und ihren drei Schwägerinnen zurück. Regelmäßig ging sie beim Einkauf auf Nimmerwiedersehen verschütt. Und immer wieder stellte sich heraus, dass sie auf einem Spaziergang bei allem Widersinn eben doch zum Ausgangsort zurückfand und recht hatte bei Abzweigungen, wo sie eigentlich gar nicht hätte recht haben dürfen. Sie folgte ihren Einfällen, und man konnte niemandem raten, es ihr auszureden. Denn dieser sanfte, hilfsbereite Mensch konnte dann so eigensinnig sein wie ein Maulesel. Riet man uns, in

Berlin durch den Jüdischen Friedhof zu spazieren, bedankte Emilie sich enthusiastisch für den guten Rat. Dann stiegen wir in Kassel aus dem Zug, weil ihr eingefallen war, dass der dreijährige Sohn am Abend vorher mit dem Finger auf die ausgebreitete Deutschlandkarte gezeigt und ein rätselhaftes »anderer Ort!« gerufen hatte. Mitleid hegte sie manchmal gegenüber Radfahrern, da es ihnen verwehrt sei, sich rückwärts oder seitwärts zu bewegen. Aus meiner Sicht haben Radfahrende jederzeit die Freiheit, vom Veloziped zu steigen und zu Fuß weiterzugehen.

Emilie tat ständig das eine oder das andere oder auch alles zugleich. Beruflich schwankte sie lange zwischen Reiseleiterin oder Hotelier und wurde Damenschneiderin und Hausfrau und betreute die Kinder und die Kindeskinder der Nachbarn, die lärmten und tollten, eine Erklärung für meine häusliche Launenhaftigkeit. Überall wimmelte es von Kindern, Markus auf dem Trettraktor ruft fröhlich: »Es brennt! Es brennt!«, Roberto macht sich unter großem Aufheben auf die Suche nach einem roten Filzstift, die anderen hüpfen herum und quieken, und Emilie trägt seelenruhig einen Säugling auf der Hüfte, oder sie fragt: »Könntest du das Bébé einen Moment halten, Lukas?«

»Gern«, antworte ich diensteifrig und nehme den Säugling so entspannt entgegen wie ein amerikanischer Soldat ein unadressiertes Paket, das ihm auf der Patrouille am vierzigsten Längengrad in Korea überreicht wird. Herr Probst! – Sie haben's aber eilig! – Die Milchsuppe? – Nein, ich fand sie lecker. – Nein, bestimmt nicht. – O weh, o weh! – Aber ja, das würde ich auch so halten. – Bestimmt. Sagen Sie dem Leiter, solange nicht geklärt sei, ob das Essen Gift enthalten habe, verweigerten Sie jegliche Nahrung. – Aber bitte, Herr Probst, keine Ursache!

Sind Sie intelligent genug, um zu wissen, dass Astrologie auf Aberglauben basiert, Kâzim? Emilie war intelligent genug, sie dennoch nicht zu ignorieren. Da war doch etwas, das ich Herrn Probst fragen wollte?

Man weiß nie, was Herrn Probst im nächsten Moment einfällt. Oft sagt er etwas Vernünftiges, doch, aber gelegentlich etwas ganz und gar Närrisches. Vergiftete Milchsuppe. Es ist interessant zu raten, was kommt, wenn er anfängt. Er sieht bei beidem gleich eingebungsvoll aus.

Herr Probst hat ein eigenes Geschäft aufgebaut und es dann weitergeben müssen. Er hat niemals damit gerechnet, dass die Pensionsklausel einmal für ihn selber gelten würde. Sein größter Wunsch ist, dass die Geschäftsleitung anriefe und sagte: »Herr Probst, hier wird revoltiert! Einerlei, was der Pensionsplan vorschreibt – kommen Sie aus dem Ruhestand zurück! Die Firma benötigt Sie!«

Während der Anruf auf sich warten lässt, beschäftigt sich Herr Probst mit anderen mysteriösen Telefongesprächen. Er blickt auf den Steinboden zu Füßen des Münztelefons in der Eingangshalle, während sich am anderen Ende der Leitung die zierliche Verkaufsassistentin eines Versandhauses im Bürostuhl windet und verstört nach dem Leiter der Zweigstelle ruft, stelle ich mir vor.

»Ihre Firma hat mir eine Axt geschickt, die ich nicht bestellt habe«, sagt Herr Probst in den Hörer. »Nein, ich kann die Ware nicht einfach zurückschicken. Weil ich die Verpackung der Axt … – Nein, außerdem ist sie ziemlich schwer.

Es wäre mir am liebsten, die Firma würde sie einfach abholen. – Probst, Meinrad Probst. Hören Sie, Sie arbeiten in dieser Versandfirma. Sie können Dinge doch auseinanderhalten, nehme ich an? Sie können sich sicher vorstellen, dass eine Axt und ein Korkenzieher nicht zu vergleichen sind? Nein? – Hören Sie, ich bin nicht mehr der Jüngste, vielleicht habe ich nur noch wenige Flaschen zu entkorken, wer weiß? Sie wollen doch nicht der Grund sein, wenn diese Zeit für mich unerfreulich verläuft, oder? Verbinden Sie mich bitte mit Ihrem Vorgesetzten. Verbinden Sie mich … – Nein. Ich will nur wissen, wie wir das einrichten können, dass Sie die Axt abholen, denn wenn ich sie mit der Post sende …«, aber ich weiß. Ich sollte es nicht nötig haben, mich mit fremden Lebensausschnittsgeschichten zu stärken.

Ein Treppenhaus kann nicht großzügig genug konzipiert sein, wie sehen Sie das? Eine Treppe darf breit und hell sein. Zügelmänner möchten die Möbel ohne Demontage hoch- oder runtertragen können. Die Sanitäter der Notfalldienste wären glücklich, wenn sich die Bewohner auf der Tragbahre liegend zur Ambulanz bringen ließen. Und auch bei ihrem letzten Gang aus dem Haus sollte dem Bewohner das Recht zustehen, durch das Treppenhaus hinuntergetragen zu werden. Da warten der Küchenchef, Lydia und ich mit Torte und Gebäck im Frühstücksraum und wollen Herrn Dürig und Frau Dürig ein weiteres unbeschwertes Ehejahr wünschen, und dabei ist der lange, bis ins hohe Alter breitschultrige Herr Dürig schon wie ein schadhaftes Gestell durch den Lastenaufzug hinausbefördert worden. Seit dem Umbau, den »Anpassungen«, ist diese Treppe alles andere als großzügig, muss ich sagen. Trotz der jahreszeitlich wechselnden Bilder an den Wänden. Die zentrale Lage, der Ausblick vom Estrich und der hübsche Innenhof sind überhaupt das Einzige, was mich mit der stolzen Betriebskostenpauschale versöhnen kann. Und die Menschen, die Menschen natürlich, die Alten und Greisen.

Im Grunde weiß ich von den meisten meiner Mitbewohner nichts. Aber es ist unmöglich, noch beim verschlossensten Mitbewohner nicht auf Dinge aufmerksam zu werden, die einen überhaupt nichts angehen, zum Beispiel die Anzahl Besuche im Monat oder Hinweise auf den Gesundheitszustand. Manche Mitbewohner lassen keinerlei Interesse an ihren Wohngenossen erkennen, sie suchen einen nach Möglichkeit zu meiden, hüten sich davor, Fragen zu stellen, weichen aus, wenn sie selbst gefragt werden. Aber auch diese Spielverderber kommen nicht umhin, guten Tag zu sagen oder sich kurz übers Wetter zu unterhalten. Jeder Mensch verlangt dem anderen ein besonderes Interesse ab, einfach durch die Tatsache, dass er in seiner Nähe ist. Die meisten Mitbewohner kenne ich kaum, aber interessieren tun mich eigentlich alle – manche mehr als andere, zugegeben, je nach ihrem Betragen und meinem Erschöpfungsgrad – aber interessieren tun mich alle.

Ob Sie wollen oder nicht, irgendwann beginnen Sie sich den Kopf zu zerbrechen über die Leute, unter die Sie hier geraten sind, Kâzim. Und das Seltsame ist: Wenn Sie einmal begonnen haben, sich für all diese fremden, alten Leute zu interessieren, stellt sich bald heraus, dass es »die alten Leute« nicht gibt, sondern immer nur Ausnahmen von der Regel. Ununterbrochen werden Sie auf Ausnahmen stoßen, glauben Sie mir.

Sie wissen, ich war Lehrer. Erst unter dem buckligen Gurten, dann im Emmental, das neblig genug ist, um zwei feindliche Heere voreinander zu verbergen. Später in einem verschlafenen Nest zwischen Thuner- und Brienzersee. Meine Eltern, auf die Nachkriegskrise wartend, waren erleichtert, dass ich einen Beruf ergriffen hatte, der als krisenfest galt. Im neuen Schuljahr begann ich jede Geografiestunde mit der Frage: »Was ist die Erde?«

»Eine Kugel«, musste die Antwort lauten. Darin lag meine ganze Weisheit. Die Erde ist eine Kugel. Unzählige Wege führen von Mensch zu Mensch. In der Schule geht es nicht ums Rechnen und Rechtschreiben, es geht darum, dass man lernt, mit seinen Mitmenschen klarzukommen. Sehr schade, dass in vierzig Jahren das niemand begriffen hat. Was haben Sie in der Schule gelernt, Kâzim? Die sitzende Lebensweise? Pünktlich zu sein? Nicht zu widersprechen und es sich gefallen zu lassen, dass Ihnen jemand Zensuren erteilt?

Ich erinnere mich an eine Geografiestunde. Ich lehre wie üblich, und die jungen Leute sitzen alles andere als gebannt da. Dann gehe ich Mittag essen. Als ich zurückkomme, sagen mir die Schüler: »Marc wurde nach Hause geschickt.«

»Von wem? Wieso?«

Im Unterricht habe ich davon gesprochen, dass man, um etwas wirklich kennenzulernen, seine Erfahrungen damit machen müsse. Ich habe ihnen eingeschärft: »Wenn ihr wissen wollt, was ein Dach ist, dann müsst ihr auf ein Dach klettern, die Ziegel fühlen, auf seinem First sitzen und hören, wie der Wind darüberstreicht. Dann werdet ihr sagen können, ich kenne dieses Dach.«

Veronika hatte gereizt erwidert: »Man muss doch nicht irgendwo gewesen sein, um darüber Bescheid zu wissen.«

Seit ich ihr den Sinn der Schule erklärt hatte, traute sie mir nicht mehr.

Nach dem Mittagsläuten sei Marc aufs Dach des Sekundarschulhauses geklettert, erzählten mir die Schüler. Auf dem Schulhof unten seien die Schüler zu Dutzenden zusammengelaufen, hätten geschrien, gewunken, Kastanien geworfen, doch Marc habe sich nicht beirren lassen. Erst als der Abwart eine lange Leiter angeschleppt habe und der Schulleiter um sein Leben fürchtend die wackligen Sprossen hinaufgeklettert sei, habe sich Marc gerührt. Er sei übers Dach gekraxelt und in einer Dachluke verschwunden.

Ich gehe also ins Büro des Schulleiters, wo mich dieser nicht gerade mit offenen Armen empfängt. »Also Sie kommen in diese Schule und sagen den Kindern, sie sollen aufs Schuldach klettern?«, wettert er. »Sie sind eine Gefahr für meine Schüler!« Er lässt mich überhaupt nicht zu Wort kommen. »Wie kommen Sie dazu, die Kinder anzustacheln, aufs Dach zu klettern? Sie sind schon undiszipliniert genug!«

Und fährt fort mit dem Bildungssystem, seinem steigenden erzieherischen und gesellschaftlichen Wert, der Aufgabe des Lehrers, einen guten Start ins Leben zu ermöglichen, vor allem heutzutage. »Was denken Sie, wer bezahlt die Zeche für das, was Sie anrichten, Herr Zbinden?«

Ein meditierender Junge auf dem Dach des Steindlerschulhauses beunruhigte ihn kaum weniger als eine Ladung Dynamit. Ich weiß nicht, ob der Schulleiter noch am Leben ist, während ich jetzt an ihn denke. Wenn, dann müsste er Ende neunzig sein. Jedenfalls, meine Methoden überzeugten ihn nicht.

Also besuche ich Marc in seiner Elternwohnung. Gutgelaunt sagt er: »Ich habe die Störche auf dem Dach des Primarschulhauses beobachten können, und wissen Sie was, Herr Zbinden? Ich möchte später mal herausfinden, weshalb die Albatrosse mit dem Wind um die Antarktis wandern.«

»Der Schulleiter …«

»Keine Angst, Herr Zbinden, ich habe gelernt, wann ich auf Dächer klettern darf und wann nicht. In diesem Fall werde ich mich nicht mehr täuschen.«

Was wissen Sie noch über die Pfahlbauer, Kâzim? Wenn Sie etwas wissen möchten, nehmen Sie dann den Geschichtsordner der dritten Klasse hervor und repetieren die Aufgabenblätter? Ich lud die Klasse in den Zug und fuhr ins Seeland. Wir sprachen mit Fischern, die an seichten Stellen durchs Wasser wateten, mit Hausbesitzern am Bielersee. Was heißt es, am Wasser zu leben? Im besten Fall schrieben die Schüler überhaupt nichts in irgendein Heft. Aber sie füllten einen Begriff mit Begegnungen. Sie mögen einwenden, das sei bei anderen Themen bedeutend schwieriger. Afrika, etwa. Vielleicht kannten wir jemanden, der dort gewesen ist? Wir luden René Gardi zu Kaffee und Kuchen ein, und er erzählte uns von seinem Ritt quer durch unfruchtbares Wüstengelände, von zwei tüchtigen Eingeborenen begleitet, die in Ghana einem Blutbad entronnen waren und nun heiter und vergnügt von ihm Weisungen erwarteten.

Wissen Sie, was das größte Problem unseres Lebens ist? Meine Schwiegertochter denkt an den Bildungsweg ihrer Tochter. Mein Sohn denkt an die Servolenkung seines benzingespiesenen Explosionsmotors. Frau Wyttenbach denkt an Herrn Hüglis Kater, Herr Imhof an Herrn Hügli, wenn dieser gekautes Fleisch stückweise auf den Teller spuckt. Frau Felber denkt an ihre aus zweiter Hand stammende Niere, Herr Furrer macht sich Sorgen um das Glück seiner Großnichte und die angeblich fantastische Gaststätte mit Holzofen im allerdings unwirtlichsten Tal des Jura, die zu betreiben sie gewillt ist, wenn er sich zur Hälfte am Kauf beteiligt. Und Sie, Kâzim? Denken Sie vielleicht an die Zeit nach dem Zivildienst? – Bis dahin haben Sie garantiert schon wieder ganz andere Probleme, glauben Sie mir.

Hören Sie: Das größte Problem unseres Lebens ist die Dumpfheit. Die Augen, die Ohren, die Nase durch gleichförmige Reize abgestumpft. Die Welt ohne Glanz und feste Konturen, mattgrau und neblig. Ob's tagt oder nachtet, kein Unterschied. Das Einzige, was für etwas Helligkeit sorgt: das gemütliche Zähneputzen mit dem Zivildienstleistenden oder das sehnsüchtige Warten auf den Besuch der Familie am Osterwochenende.

Als Lehrer habe ich immer neue Bilder gesucht, um meinen Schülern die Dumpfheit zu verdeutlichen. Ich habe gesagt: »Stellt euch vor, wir haben von Natur aus dichten Nebel im Kopf. Und jeden Tag, an dem wir nicht spazieren, wird der Nebel dichter. Wir bleiben sitzen, statt den Eltern auf den Sonntagsspaziergang zu folgen – eine Nebelschwade. Ein Tag ohne bewussten Gebrauch der Füße, der Ohren, der Augen – zunehmend Nebel. Überlegt mal, wie dicht der Nebel ist, der in unserem Kopf wabert. All die verschwommenen Empfindungen und Eindrücke. Der Nebel der Dumpfheit.«

Das Bild finden Sie schief? Meine Dumpfheitsnebelrede war an garstige Mädchen und widerspenstige, verbiesterte

Quertreiber, aber vor allem an maßlos verschüchterte und orientierungslose Schnellwüchsige gerichtet, und die Vorbehalte, die Sie oder ich gegen Witterungslagen im Kopf auch haben mögen – ich kann Ihnen versichern, dass es der Zielgruppe einleuchtete wie Limonade mit Fruchtfarbe.

Haben Sie sich nie über Lehrer geärgert, die irgendeine Erkenntnis versprachen und sich dann herausgemogelt haben? Sie basteln sonderbare Apparate, hantieren mit Waagen und Pendeln, bauen Tisch um Tisch komplizierte Versuchsanordnungen auf, und nie erklären sie, was das mit unserem Fühlen und Denken zu tun hat.

In meinen Tagen konnten sich ganze Professorenherden gemütlich im Sessel halten, wenn sie sich nur einen glattpolierten Schreibtisch mit vielen Geheimschubladen anschafften, um immer neue philosophische Lehrsätze in Kauderwelsch auszuhecken. Nun, ich bin anders. Wenn ich behaupte, dass ich ein paar Zusammenhänge herausgefunden habe, dann schweige ich sie nicht schamhaft tot, nur weil es einfache Zusammenhänge sind. Wem nützt es, wenn ich völlig überzeugt bin, etwas besser zu wissen, und damit hinter dem Berg halte?

Sind Sie ein Sonntagsspaziergänger, Kâzim? Das sind jene, die in erster Linie des Sonntags wegen spazieren. Sie wären jederzeit bereit, den Spaziergang sein zu lassen, wenn sie mit weniger Aufwand mehr Bewegung und abgasfreie Luft bekommen könnten. Das Zentrum ihres Lebens liegt außerhalb der begehbaren Außenwelt. Der Staat bemüht sich, die Unzufriedenheit der Sonntagsspaziergänger durch Verknappung des Spazierraums abzufangen.

Am besten, ich gestehe es sofort: Spaziergänger sind erst mal so dumpf wie alle anderen. Aber sie überwinden die Dumpfheit, wenn sie bereit sind, ihren Spaziergängen hinterher ein wenig Aufmerksamkeit zu widmen. Sie nehmen sich fest vor, die Spaziergänge im Gedächtnis zu behalten, und gewöhnen sich an, jeden Tag mit jemandem über ihre Erlebnisse zu sprechen. Sicher. Man kann die Erlebnisse auch aufschreiben. Sie denken, ein aufgezeichneter Satz sei reicher als die ihm vorangegangene Beobachtung?

Großvater hatte meinem Bruder und mir immer geraten, Tagebuch zu schreiben. In ein Tagebuch schreibe man hinein, was man getan habe.

»Alles?«, fragte mein Bruder.

»Natürlich«, sagte Großvater, »ihr müsst es dann nur verstecken.«

Wir wussten nicht, warum man ein Tagebuch verstecken muss. Bald wussten wir's. Samstags legte Mutter immer das Milchgeld in den Milchkasten. Davon nahmen wir einen Fünfziger, kauften uns zwei linierte Hefte. Der herumfahrende Milchmann machte Krach, aber Mutter behauptete mit hochrotem Kopf, das Geld habe genau gestimmt. Ein wüster Streit. Meines Wissens hatte es bisher noch keine Bluttat in unserem Quartier gegeben, aber Matthäus und ich hatten das Gefühl, dass eine in der Luft lag. Schließlich zahlte sie nach, aber von nun an hatten wir die Milch von einem anderen. – Bitte? – 321? Das ist hier die Treppe hoch. Nächster Stock, den Gang entlang, und am Ende links um die Ecke. Darf ich fragen, was Sie da möchten? Denn 321 ist nicht belegt. – Nein. Seit Wochen leer, alles in schrecklicher Unordnung. – Sie möchten zu Ihrer Großtante? Wie heißt denn

Ihre Großtante? – Ah! Frau Rossi wohnt in Zimmer 231! – 231, genau! Treppe runter, zweiter Stock, Gang entlang, zweite Türe links. – 231, bestimmt. – Keine Ursache. – Ja, ja. Hier gibt's eine Menge Zimmer, daran herrscht hier kein Mangel. Sie wird sich über etwas Gesellschaft freuen, schön, dass Sie sie besuchen. – Gleichfalls!

Sie kennen Frau Rossi, Kâzim? – Wie kommt es, dass Sie Frau Jacobs und Herrn Hügli schon kennen, Frau Rossi aber nicht? – Schmächtige, verschüchterte Frau? Schauen Sie mal in Ihrem Bewohnerverzeichnis nach. Ihre Mutter hatte sie als Kind zu Tode erschreckt mit der Geschichte von dem Mädchen, das vom Fenster aus ein Gewitter beobachtete, und als es der Blitz traf, blieb der Abdruck seines Gesichts für immer an der Fensterscheibe haften. Frau Rossi hat die Geschichte nie vergessen, so viel ist sicher. – Nein, Frau Rossi kann schon seit Jahren nicht mehr richtig sehen. Durch ihren Diabetes fast blind. Scheint die Sonne, sieht sie nur einen blauen Streifen unter ihren Augenlidern. Schlimm. Lydia führte sie zur Toilette, Frau Rossi blieb am Tischbein hängen, fiel hin und brach sich den Unterarm. Sie müsste unbedingt Übungen machen, getraut sich aber nicht aus dem Rollstuhl. Müsste, sollte! Glauben Sie mir, in manchen Momenten wünscht man sich hier nichts sehnlicher, als einen Wunderheiler aufzutreiben.

Der zweite Stock ist überhaupt eine Stätte des Ärgers, der Sorge und des Unglücks. Menschenfeind Wenk sitzt auf dem harten Lehnstuhl im Korridor und schweigt. Ausdruckslose Augen, ich habe schon tote Forellen mit freundlicherem Blick gesehen. Es heißt, nur vier Uhrmacher auf der Welt seien in der Lage zu verstehen, was er handwerklich geleistet hat, und mit dreien von ihnen spräche er nicht mehr. Ich glaube, er dachte sein Leben lang, ein Mensch sei jemand, der etwas leistet. Und dass sich der Wert des Menschen ausschließlich nach der Qualität seiner Leistung bemessen ließe. Das schien ihm eine elegante Überzeugung zu sein, bis er taube Hände bekam. Derweil Herr Kleiber – Herr »Geld-ist-immer-frisch«-Kleiber. – 233. Hat seinen Treuhänder angezeigt, da sein Einkommen nicht einmal mehr ein Viertel des früheren betrage, und wünscht sich, dass man die Gymnastikassistentin verhafte. Den linken Turnschuh habe sie ihm gestohlen, das Beweisstück liege in ihrem Spind. Schweres Wetter, dieser Mann.

Ich kann Ihnen ein paar Ratschläge geben, damit Sie hier keine Schwierigkeiten bekommen, Kâzim. Erstens: Fassen Sie Herrn Kleibers Sachen nicht an. Zweitens: Machen Sie sich keine Sorgen, wenn Sie den Eindruck haben, die Heimbewohner sprächen nicht miteinander. In der Gebetsgruppe und in der Biografierunde arbeiten sie daran. Drittens: Nehmen Sie sich die Zeit, alte Spaziergänger zu begleiten, wenn sie sich das wünschen. Viertens: Die Leute, die sich hier duzen lassen, können Sie an einer Hand abzählen. Können Sie sich alles merken? Die Leiterin der Biografierunde verschwindet jede Stunde zwanzig Minuten, um Kaffee zu trinken und im Büro mit der Leiterin Verwaltung zu schwatzen.

Und Frau Grundbacher aus 229? – Kein Begriff? Drall wie die Vorsteherin eines Nonnenklosters – folgen Sie ihr, wenn Sie Schatten brauchen. Stellt den lieben langen Tag Fallen, um ihren Opfern vorzujammern. Krankheiten und Übeltäter, sie hat ein gutes Gedächtnis für alles, was ihr zugemutet worden ist. Nur wer neu und ohne Vorurteil ist, setzt sich zu ihr.

Können Sie sich vorstellen, wie Frau Rossi zwischen 229 und 233 zumute ist?

Eines Abends stehe ich vor Frau Grundbachers Tür, klopfe, sie lässt mich hinein. Sie beklagt sich von neuem über ihre von unfähigen Anästhesisten ausgeführte Magenoperation, ich könnte eine Prüfung ablegen über ihren Magen. Ein Tageskalender hängt an ihrem Schrank. Ich reiße ein Blatt vom Kalender, rolle es zu einer Kugel und werfe es in den Papierkorb. Frau Grundbacher sieht mich an und stellt meine Berechtigung, in ihrem Zimmer zu sein, in Frage.

»Frau Grundbacher, der Tag ist um«, sage ich. »Sie haben ihn nicht verlangt, aber Sie haben bestimmt das Beste daraus gemacht. Jetzt ist er vorbei, freuen wir uns auf den nächsten.«

Aber wie die Dumpfheit bekämpfen?

Der zurückgekehrte Spaziergänger hält Rückschau. Ob der Fluss durch grüne Waldschatten dahinfloss oder unter einem gewittergrauen Himmel sich trübe fortschleppte, ob ein Felsquader in der Sonne schimmerte oder im Regen ermattete, ob das Gesicht eines Passanten von einem Lächeln erhellt wurde oder mit einem Taschentuch verbunden war; die Wirklichkeit war jedes Mal eine andere, sie wandelte sich von Schritt zu Schritt. Von neuem riecht der zurückgekehrte Spaziergänger die angewelkten Blüten und genießt die Aussicht auf blaue Täler und weiße Berge. Er genießt den Rückblick, wie er jetzt im Lehnstuhl ein Glas Wein genießt, das er im Wirtshaus im Tal auf einen Schluck getrunken hat, in Hast und Eile vor dem nahenden Donnergrollen und den schwarzen Wolken.

Sind Sie Herrn Imhof aus Zimmer 103 schon begegnet? Hageres Gesicht, viele scharfe Kanten, schlohweißes Haar, immer mit seinem Thurgauer Blut prahlend? Major außer Dienst. Er sagt: »Herr Zbinden, Sie reden immer vom Spazieren als dem einzig Wahren. Das ist fanatisch. Ist doch ganz gleichgültig, was die Leute in ihrer Freizeit tun.«

Einleuchtend, oder? Spazieren, Telefonieren, Spielzeugsoldaten sammeln, den Sonntag verschlafen, Waldhorn blasen, Honig schleudern, Satellitenfernsehen, Besäufnisse, Weibergeschichten – Hauptsache, man hat Freude an irgendwas und Ehrfurcht vor dem Unsichtbaren. Sie sehen das sicher auch so? Es wäre fanatisch, die eine Freizeitbeschäftigung gegen die andere ausspielen zu wollen. Sie stehen auf Herrn Imhofs Seite, nicht wahr, Kâzim? – Sie brauchen keine Hemmungen vor mir zu haben. Sie haben den Vorzug der Jugend auf Ihrer Seite, und ich bin nur ein Narr, der von Tuten und Blasen keine Ahnung hat. Haben Sie keine Lust, mit mir zu streiten? – Schweigen Sie, weil Sie wissen, dass ich am Rand des Grabes stehe? Was verschweigen Sie, um nicht für schamlos gehalten zu werden?

Einmal versuchte ich Herrn Imhof zu einem Spaziergang zu bewegen. Ich zwang ihn förmlich, 103 zu verlassen. Sein Zimmer erlaubt einen ausgezeichneten Blick auf die Brunnadernstrasse, nachtsüber wird es von Laternenlicht durchflutet. Herr Imhof meldet unheimliche Vorfälle. Letzthin prüfte die Polizei seinen Hinweis, nach dem eine Frau spätabends von einem Mann in einem Lieferwagen verschleppt worden sei. Es stellte sich heraus, dass die Frau gelähmt und der Mann ein Taxifahrer gewesen war.

»Was ist denn mit euch los?«, ruft Herr Imhof, beugt sich übers Fensterbrett und starrt mit angeekeltem Ausdruck auf die Jugendlichen hinab, die auf dem Gehsteig auf ihren

Sporträdern balancieren, mit einer Hand an die Mauer gestützt.

»Kommen Sie mit mir in den Innenhof, Herr Imhof«, sage ich, um ihn aufzumuntern. »Der Natursteinboden, die Brennnesseln, was sage ich, die blühende Kastanie! Machen wir gemeinsam eine Weltreise an Ort.«

»Zbinden, lassen Sie mich in Ruhe. Ich habe entsetzliche Kopfschmerzen.«

»Außerdem werden Sie sowieso gleich das Zimmer räumen müssen, da Frau Beck das Bett frisch beziehen will.«

Draußen starrt Herr Imhof, von bitteren Gedanken bewegt, vor sich hin, nimmt weder die Brennnesseln beim Springbrunnen noch die anderen Bewohner wahr. »Miststück«, brummt er mit zusammengebissenen Zähnen. »Miststück! Mit einem Schlangenbiss könnte sie sich nicht das Leben nehmen. Bei ihr würde die Schlange sterben.«

Ich weiß nicht, welche Frauengeschichte seine Stimmung trübt. Wer kennt schon die Gedanken eines Menschen? Man weiß nur so viel über sie, wie sie einen wissen lassen wollen. Und auf einmal schreitet er tüchtig aus, wie beim Militär, keck und würdevoll. Er schaut auf und ruft: »He, Zbinden! Warum werkeln diese Wissenschaftler immer an Sachen rum, wie man das Leben verlängern kann, anstatt eine saubere Weise zu finden, um Schluss machen zu können? Ich habe vom Fenster im Estrich aus abgeschätzt, ob ein Sprung hinunter tödlich wäre. Ja, bestimmt, doch das Dach verdeckt die Aussicht, und so kann man nicht sehen, wo man landen würde. Vielleicht in einem Blumenbeet, vielleicht auf dem Parkplatz des Hauswarts. Meine Güte, Zbinden, schauen Sie mich nicht so an, als ob ich übergeschnappt wäre!«

Er setzt sich auf die Steinbank vor dem Brunnen, zieht sich schmerzhaft zusammen, bleibt reglos sitzen. Ich teile ihm mit, der Springbrunnen sei exakt zweihundertvierundsechzig Schritte von seinem Zimmer entfernt, drei für jedes Altersjahr, aber es scheint ihn nicht aufzumuntern. Er grunzt nur.

Herr Imhof, ein verkohltes Streichholz. Bis vor einem Jahr wollte er immer als Erster aus dem Zimmer und spätestens um sieben Uhr am Frühstückstisch sitzen. Da konnte er allen Frauen einen guten Morgen wünschen und ihnen Komplimente machen.

»Heute habe ich von Ihnen geträumt, Barbara«, sagte er strahlend, wenn die Küchenhilfe mit den ofenfrischen Brotlaiben an ihm vorübereilte. »Ich hörte Ihre Stimme, Sie sangen ein Lied. Ich folgte Ihrer Stimme wie unter Zwang.«

Er nannte die Frauen Königinnen, und wenn eine einen reizenden Namen hatte wie zum Beispiel Julia, glaubte man, er würde verrückt. Frau Jacobs tritt herein, er zupft an seinen Lippen und sagt mit kummervollen Augen: »Julia! Seit zwei Tagen habe ich Sie nicht gesehen. Sie lieben mich nicht! Aber ich werde alles tun, um Sie zu erobern! Cäsar beduftete die Segel seiner Schiffe, damit Kleopatra ihn schon aus großer Entfernung begehrte.«

Frau Jacobs entgegnet im Vorbeigehen: »Sie sind doch nicht bei Trost.«

Herr Kleiber, den gerade ein Schreiben seines Maklers aufgescheucht hat, wendet sich Herrn Probst zu: »Die Jahre haben Imhof nicht weise gemacht. Er würde eine Frau dem Geld vorziehen.«

Für seinen ehemaligen Wohnsitz hat Herr Kleiber einen Preis gefordert, den er selbst für absurd hoch hält. Sein Makler präsentiert ihm einen Käufer, der den Preis akzeptiert. Herr Kleiber vermutet sofort einen Trick, der Preis muss zu niedrig sein. Er will das Haus vom Markt nehmen, um es in einem halben Jahr noch einmal mit einem höheren Preis zu versuchen.

»Was heißt Geld«, sagt Herr Probst träumerisch. »Es braucht nur ein trockener Sommer zu kommen, und alles Geld ist vertrunken.«

Herr Kleiber schüttelt den Kopf und wendet sich dem gedankenabwesenden Herrn Pfammatter zu. »Liebe verblasst, aber Geld ist immer frisch.«

Herr Pfammatter schweigt zornig, da Hüglis Kater vor wenigen Minuten eine unschätzbar wertvolle Glenn-Miller-Schallplatte zerkratzt hat, die Herr Pfammatter seinerzeit unter dem Mantel versteckt aus einem Musikalienladen in Antwerpen geschmuggelt hat. Es hat ihn bis ins Mark erschüttert, die Platte so zerkratzt zu sehen. Am liebsten hätte er den Kater am Schwanz gepackt und im Viereck herumgehauen, doch er hat sich beherrscht und ihn nur aus dem Zimmer geworfen.

Einmal fiel Frau Jacobs das Messer aus der Hand, und es sprang direkt vor Herrn Imhofs Füße. Er bückte sich und gab es ihr mit einem Zwinkern zurück. Ohne ihn anzublicken nahm sie das Messer mit den verächtlichen Worten entgegen: »Das hätte ich auch allein geschafft.«

»Sie werden gewaltig umlernen müssen, Frau Jacobs«, antwortete Herrn Imhof im Kasernenton – drohende Sätze mit anschwellendem Klang –, »Sie werden noch die eine oder andere Anforderung zu erfüllen haben, wenn Sie Frau Imhof werden wollen.«

Ein paar Sekunden lang blickte ihn Frau Jacobs mit aufflackerndem Interesse an, als wollte sie für sich die Frage klären, in welcher Welt Herr Imhof lebe. Dann blickte sie melancholisch nachdenklich in die Leere und sagte: »Nicht nur, dass man nicht immer bekommt, was man sich wünscht. Meistens bekommt man das, womit man gar nichts anfangen kann.«

Das waren die letzten Worte, die die beiden miteinander wechselten. Immer wieder hoffe ich, das werde sich doch noch zu einer anrührenden Geschichte entwickeln. Lady Jacobs und Major Imhof ganz allein im dunklen Korridor im dritten Stock, beide nach dem Lichtschalter tastend.

Kâzim, nehmen Sie sich in Acht. Sobald ein neuer Zivildienstleistender kommt, trauert Herr Imhof dessem Vorgänger nach, obwohl er auch mit dem nur unzufrieden gewesen ist.

Die Stunden, die ich ohne Begleitung in dieser Stadt umherwandere. Auch wenn sie ohne eine besondere Begegnung bleiben, erinnere ich mich gern an sie. Darf ich Ihnen meinen Spaziergang von gestern erzählen? – Bevor die Erinnerung verblasst? Hüglis Kater, der mit ausgestreckten Beinen unheilverkündend unter der Steinbank beim Eingang döst. Lydia, die mir hinterherrennt, um mir einen Regenschirm mitzugeben, obschon es nicht regnet. Das Surren der elektrischen Heckenschere des Hauswarts. Die Wolke, die aussieht wie Italien. Bobby an der Tramhaltestelle auf der Suche nach der Mehrfahrtenkarte in seiner Jackeninnentasche. Das Dörrlaub vom letzten Herbst, das sich hartnäckig am Strauch hält. Die Wolkendecke, nun wie Vorderasien. Das gemütliche Feuer auf dem asphaltierten Parkplatz neben der Kunsthalle.

Fingernägel, sorgfältig kurz geschnitten und rot manikürt. Die Spatzen, die sich in die feuchte Luft wagen. *Scheißleistung* und *Seid freundlich zu Beton* – die Worte, die über Nacht beim Pissoir am Zytglogge neu hingekrakelt worden sind. Die sterbende Topfpalme beim Kornhaus. Die junge Frau, die, während sie den Kragen ihrer Bluse glättet, die Haare zurechtzupft, an ihren Ringen dreht, im engen Raum zwischen Hotdog-Ausgabe und Getränkeautomat bei der Migros-Gourmessa in der Marktgasse alle Sprechrollen der kleinen Tragödie spielt, in die sie an ihrem Arbeitsplatz verwickelt war. Der Kaffeebecher, der einer Frau aus der Hand fällt und verkehrt auf dem Trottoir liegen bleibt. Das Mädchen mit Zahnspange und Schulgepäck vor dem Schmuckladen, den Blick starr auf einen Saphir gerichtet. Die Schokoladentorten und Mandelbärchen, die sich den Platz im Schaufenster streitig machen. Diese ganz bestimmte Sorte junger, unbeugsamer Männer mit wurfbereiten Bierflaschen, die mich veranlassen, das Schritttempo zu erhöhen und Distanz zwischen ihnen und mir zu schaffen. Die Island-Wolke, deren Schatten über eine Hauswand und den Weg entlangjagt, sodass ein Fliederbaum und ein paar Lorbeerbüsche ermatten und in hellem Grün aufglühen. Das Anwesen im Obstberg, in dem in wenigen Wochen, wo früher brauner Grasboden und ein paar Sträucher gewesen sind, ein Schwimmbecken entstanden ist – durch ein paar tüchtige Männer einer Baufirma, die gruben und absteckten und Schlamm und monströse Steine wegschafften, vergessene Marlboros zwischen den Lippen. Gebrechliche Leute wie ich, die im Gegensatz zu mir auf dem Uferweg fehlen, weil sie es vorziehen, frühmorgens noch einmal ihre saftige Jugendzeit zu durchleben, indem sie sich Gilberte de Courgenay im Fernsehen anschauen. Die Eisteebeutel, die zerknüllten Chipspackungen und die noch glühenden Stummel von Selbstgedrehten, die davon zeugen, dass hier vor wenigen Minuten gruppiertes Gewerbeschülerleben stattgefunden hat. Schwärme von Tauben, in die Luft gescheucht. Die dunklen Abdrücke der tiefbauamtlich entfernten Blätter auf dem Trottoir. Der markierte Schirmständer, bereit für die Sperrgutabfuhr. Die Fingerübung, die aus dem Fenster zu hören ist. Die Gehörlose, die beim Markstand lautstark ein Schwarzbrot wünscht, und es klingt, als würden gerade Himmel und Erde untergehen. Der Nieselregen, der beweist, dass Kinderspielplätze auch ohne Sonne bespielt werden. Polizisten, die weder besonders freundlich noch höflich sind und also vorsätzlich vergessen, wer ihre Gehälter bezahlt. An der Baustellenumzäunung die schreienden Plakate, die ein Konzert im Fußballstadion ankündigen. Die Bahnhofsaufseher, die aufpassen, dass niemand es wagt, auf der Treppe Platz zu nehmen. Die feuer-, schlag- und raubfesten Münztelefone, die es einem erlauben, ein lebenslang aufgeschobenes Gespräch mit dem eigenen Sohn zu führen. Die Blindenleitlinien, die einen den Rest des Tages an nichts anderes denken lassen als an Frau Rossi und ans eigene Augenlicht und an die Tatsache, was für ein Glück es ist, Farben zu sehen und Gesichter und immer genau zu wissen, wo man ist. Wie verletzlich alles ist und wie leicht etwas passieren kann. Bleiben Sie nicht auf dem Geländer sitzen, Kâzim, Sie könnten hinunterfallen.

Ich erzähle Ihnen den gestrigen Spaziergang, und ich werde ihn auch Lydia noch erzählen, wenn ich ihr den Regenschirm zurückgebe, aber verstehen Sie: Nicht die Worte sind wichtig, sondern das Erlebnis selber. Ich könnte stundenlang auf diese Weise fortfahren – und sollten mir noch irgendwelche aufregenden Abenteuergeschichten einfallen, werde ich sie nur zu gern mitteilen. Aber ein Großteil unseres Erlebens ertrinkt in Worten. Zuweilen ertappe ich mich beim ketzerischen Gedanken, dass man die Zeit, die man zum Erzählen von Spaziergängen investiert, besser nutzen könnte, indem man weitere macht.

Als junger Spaziergänger habe ich Erlebtes gern mit Erfundenem ergänzt. Ein feist gefütterter, milchweißer Hund ist mir die halbe Strecke den Kanal entlang gefolgt.

»So ein lieber Kleiner?«

»Ein großer Böser. Einer, der sich ein Huhn schnappt, wenn gerade eines am Weg steht.«

Um Emilie besser zu unterhalten, füge ich eine Trennungsszene und eine Wiedersehensszene an. »Auf dem Rückweg legt mir der Hund eine Pfauenfeder vor die Füße«, und was noch alles.

Emilie hatte aber ein gutes Gefühl dafür, welche Erfahrungen echt und welche ausgedacht waren. »Ist das alles wahr, was du mir da erzählst?«, fragte sie nachdenklich.

»Na ja, wörtlich darfst du es nicht nehmen.«

»Also gelogen, ganz einfach gelogen.« Wäre ich ein Buch gewesen, hätte mich Emilie wuchtig in die Zimmerecke geworfen.

Ihre Augen sahen schärfer als die eines Sperbers. »Wer hat den Rosenzweig abgebrochen?«, konnte sie fragen.

Ich hatte gesehen, wie unser Sohn ihn abgeknickt hatte, aber wieso ihn in Ungelegenheiten bringen? Also erklärte ich, es müsste eine streunende Katze gewesen sein. Am nächsten Tag kam Annemarie Gygax von gegenüber und vertraute Emilie an, wer's gewesen sei, und ich hätte den Täter beobachtet. Oder die zwei Stauden mit reifen Erdbeeren – weshalb sollte ich die Mädchen anschwärzen, die die Erdbeeren gegessen hatten? Ich sagte, ich hätte gesehen, wie die Vögel die Erdbeeren gefressen hätten. Ich konnte doch nicht ahnen, dass die Mütter der Mädchen sie herschicken würden, um alles zu gestehen.

»Du hast mich angelogen, Lukas Zbinden«, sagte Emilie zornig, und ich stand so entblößt und beschämt da, dass ich das Gewicht meiner Schuhe und den Schweiß in meinen Achselhöhlen spürte. Emilie hatte für Flunkereien nicht das geringste Verständnis.

Und was haben Sie heute Morgen gemacht, das Sie bald vergessen haben werden, Kâzim? Lassen Sie mich raten: Zusammen mit Lydia Herrn Mühletaler rasiert und gewaschen, Frau Wyttenbach an den Krücken in die Gymnastik begleitet, Herrn Kleiber ausgeredet, bestohlen worden zu sein? Und am Wochenende? – Tatsächlich? Rudern Sie oft? – Nein, ich könnte das nicht. – Da mögen Sie recht haben. Aber ich meine, ich kann es mir für mich nicht vorstellen. – Das ist nett von Ihnen, Kâzim, aber es ist wirklich nichts für mich. Ich gehe lieber.

Wo wir gerade vom Gehen sprechen: Menschen, die etwas Übung darin haben, ihre Spaziergänge im Gedächtnis zu behalten, berichten bald über lebhafte Spaziererfahrungen. Sie lernen beispielsweise Wege voneinander zu unterscheiden. Können Sie Wege voneinander unterscheiden, Kâzim?

Trottoirs, Boulevards, Promenaden, Arkaden, baumverschattete Alleen, Parks und Gärten, Kieswege, Fußgängerzonen, Flaniermeilen, klebrige Asphaltstrecken, staubige Landstraßen, sich schlau schlängelnde Trampelpfade, Höhenrundwege, mit Löchern übersäte Zufahrtswege zum Bauernhof … Es gibt Wege, die ewig froh eine Ode an die Sonne singen. Wege, schwach und ohne Selbstbewusstsein, die sich nach einem Almosen des Lichts winden. Es gibt hinterhältige Wege, die jedem ein Bein stellen, Tyrannen, die sich auf Kosten anderer ausbreiten, Einsiedler, die jeglichen Schmuck abgelegt haben und Buße tun. Es gibt verspielte Wege. Weise Wege, die alles gesehen haben. Wohlbeleibte Wege. Schwerfällige, düstere, hasserfüllte Wege. Ich versichere Ihnen, mit der Zeit enthüllen Wege ihr Wesen vor Ihnen. Geschmeichelt sehen Spaziergänger, wie sie sich nur zu bedienen brauchen. Ich weiß nicht, wie Sie das sehen, aber ich finde, sanft geschwungene Straßen und Wege, die sich dem natürlichen Gelände anpassen, sind am besten geeignet, Spaziergänger zu leiten. Autobahnen leiten zu schnell und sind riskant. Ein Begehen von Autobahnen könnte man pfeilartiges oder tödliches Spazieren nennen.

Mein Sohn sagt immer: »Spaziererfahrungen? Ich kann dir sagen, was man auf einem Spaziergang erfährt: Nervige Passanten. Den Hang hinauf, den Hang hinab. Dazu irgendein Wetter. Spaziererfahrungen? Die Erfahrung der Langeweile!«

Ich will Ihnen etwas sagen, da es mein Sohn nicht hören will: Die Kunst, sich auf Spaziergängen nicht zu langweilen, besteht darin, den gleichen Gegenstand wie gestern zu betrachten, sich aber etwas anderes dabei zu denken. Haben Sie schon die Brennnesseln draußen beim Springbrunnen bemerkt? Ich betrachte sie und denke: Sie sind grün, grün ist ihr Vorzug.

Wissen Sie, was ich gestern gedacht habe? Brennnesseln können nicht fliegen. Sie sind beschränkt.

Aber Markus – wissen Sie, was er verbreitet? »Nur tolle Hunde und mein Vater wagen sich in die Hitze der Mittagssonne.«

Dabei ist diese Stunde für einen Spaziergang am angenehmsten. Aber ja. Wenn die Sonne genau über dem Spaziergänger steht, braucht er nichts weiter als eine Sportmütze, um sich gegen sie zu schützen. Am späten Morgen oder späten Nachmittag gibt es keine Möglichkeit, sich vor der direkten Bestrahlung durch schräg einfallende Sonnenstrahlen abzuschirmen. Welcher Irrlehren bezichtigen Sie Ihre Angehörigen, Kâzim?

Wäre es nicht wunderbar, wenn wir die Empfindungen, die die Brennnesseln beim Springbrunnen in uns auslösen, miteinander teilten und damit endlos viele Bilder von diesen Brennnesseln gewinnen könnten? Allein der Gedanke an einen solchen Austausch macht mir Herzklopfen. Ich bedauere nur, dass mein Sohn die Freude nicht mit mir teilen mag. Was meinen Sie, haben Brennnesseln eine Ahnung von ihrer Existenz? – Bin ich ein alter Spinner? Markus behandelt mich wie einen alten Spinner. Dabei hat er selbst einen Sparren zu viel. Wissen Sie, was er behauptet? »Spaziergänger schleppen Viren ins Haus.«

Spaziergänger schleppen Viren ins Haus? Wenn die Grippe über Dorf und Stadt hereinbricht, spricht der verzagte Spaziergänger: »Übermorgen spätestens wird es auch bei mir so weit sein«, und er steckt sich an.

Der unverzagte Spaziergänger geht unter niesenden und hustenden Menschen einher, ohne in Mitleidenschaft gezogen zu werden. Markus lässt sich behaglich aufs Sofa fallen, stopft sich ein paar Kissen in den Rücken und sieht mich herablassend an, als hätte jemand, der Spaziergänger von seiner Sorte aufzieht, keinen Anspruch darauf, Theorien über verzagte und unverzagte Spaziergänger aufzustellen.

Emilie war stets unverzagt. Quälten sie rheumatische Schmerzen, dass sie sich nur mühsam fortbewegen konnte, setzte sie sich in den Lehnstuhl, rieb die Knie mit Opodeldok ein, fuhr mit der Hand über die schmerzenden Stellen und sagte: »Der Schmerz geht weg!«

Dann stand sie auf, beugte die Knie und befahl sich, über Land zu gehen. Zurück im Lehnstuhl, strahlte sie und tastete die Knie- und Fußgelenke ab, und ich versicherte mir, dass ich nicht träume.

Meine schwachen Beine. Ich zähle die Stufen nach, um mich zu vergewissern, dass nicht am Ende nachtsüber ihrer mehr geworden sind.

Emilies Vitalität war mir ein Rätsel. Die eine Woche schleppte sie selbstgebraute Suppen zu Bedürftigen, die schweigend schlürften und tunkten, die andere Woche begleitete sie die Unterstufe ins Skilager und häkelte Topflappen mit den Erkälteten und Sportverletzten. Sie war tätiges Mitglied jeder Organisation und karitativen Institution, die es in unserer kleinen Stadt im Laufe der Zeit gab: Nähkreis, Lesekreis, Freizeitbegleitung für geistig Behinderte, Terre des Hommes, Frauenweltgruppe, Schulkommission, Aktion Ferienpass, sie sang in zwei verschiedenen Chören, ihre Stimme füllte den ganzen Raum. Sie hatte drei Schwestern und einen Bruder, neunzehn lebenslange Freunde und Freundinnen, hundertsechzig wechselnde Kolleginnen und siebentausend Bekannte und Verwandte. Man legte ein sauberes Tischtuch auf, nahm das schöne Geschirr hervor und hielt sich auf dem Laufenden über Leute, die sich in den Fünfzigerjahren von Geburten erholten, in den Sechzigerjahren Ehen durchzwängten und diese in den Siebzigerjahren aufgaben, um in den Achtzigerjahren Phasen durchzumachen.

Sie können sich nicht vorstellen, in welchem seelischen Zustand ich an diesen Geselligkeiten teilnahm. Emilie kam zu mir herauf und versuchte mich vom Schreibtisch weg ins Wohnzimmer zu ihren Gästen zu locken. Ich erhob die Stimme: »Nein! Ich will nicht! Ich laufe davon! Wie soll ich junge Menschen aufs Leben vorbereiten, wenn ich immer gestört werde!«

Emilie wartete gelassen, bis die Hitze verdampft war, und dann dauerte es nicht lange, bis sie mich die Treppe hinab an den Teetisch brachte. Man sprach von Martina, die Moritz den Rücken frei gehalten hatte und jetzt den »eigenen Boden« vermisste, vom galanten Herrn Rechsteiner, der die Frauenweltgruppe mit Blumen beglückte, von Wenger Tobias, der sich ausgepumpt fühle, allein gelassen, unverstanden und innerlich ganz schön in Auflehnung. Vreni holt die Ausbildung nach? Und was macht deine Dora, gefällt es ihr in La-Chaux-de-Fonds? Marianne entscheidet sich nochmals für Robert, Franziska hält sich einen braven Trottel von einem verheirateten Liebhaber, der sie den lieben langen Tag mit Süßigkeiten füttert. Carlotta fühlt sich »unsichtbar geworden«, Annemarie fühlt sich »weg vom Fenster«, Frau Stettler bekommt den Rat, sich mit Salbei-Aufgüssen gegen die unangenehmen Schweißausbrüche zu helfen, Frau Wehrli hat es satt, ihrem Mann die Hemden zu waschen und zu bügeln, und Frau Schmidt fängt an, von alten Zeiten zu reden, als es noch Männer gegeben habe, die einen verwöhnt und umsorgt und einem das Gefühl gegeben hätten, begehrenswert zu sein. Jahre später wird Frau Schmidt die Etiketten sämtlicher Weinflaschen ihres Mannes ablösen, bevor sie ihm auf einem Motorrad davonfahren wird, die Arme um einen stoppelbärtigen Dachdecker geschlungen. Fast alle verheirateten Frauen beklagen sich, dass ihre Männer nicht genug mit ihnen redeten. Emilie deutet auf Lukas Zbinden, der die ganze Unterhaltung über schweigend neben ihnen am Teetisch gesessen hat, und sagt: »Er ist der gesprächigere Teil in unserer Beziehung.«

Die Frauen blinzeln ungläubig.

»Es ist wahr«, fügt Emilie an. »Er kommt nach Hause und ist ganz wild darauf, mir alles zu erzählen, was ihm im Lauf des Tages passiert ist und welche Gedanken der flüchtige Alltag bei ihm ausgelöst hat. Jahrhundertelang wurden Frauen dafür bestraft, wenn sie zu viel oder ungebührlich redeten. Sie wurden an Tauchstühle gebunden und unter Wasser gedrückt, bis sie fast ertrunken wären. Man heftete ihnen Schilder an und stellte sie an den Pranger, sie wurden geknebelt und durch Zungenklemmen zum Schweigen gebracht. In diesem Haus ist die längste Rede von mir immer noch kürzer als die kürzeste Rede meines Mannes. Eher trocknet die Aare aus als sein Redefluss.«

Die Damen brechen in schallendes Gelächter aus, ich bin verwirrt.

Wochenweise ignorierte ich Emilies soziales Leben völlig,

machte mir nicht die Mühe zu fragen, wer herübergekommen war, um sich zwei Zwiebeln zu borgen, mit wem sie gerade geplaudert, gesungen, Blütendolden eingesammelt hatte, um mit Omelettenteig im schwimmenden Fett Blütenküchlein zu backen. Dieser Leckerbissen ist unserem Küchenchef hier leider nicht bekannt.

Schulferien waren etwas, vor dem ich mich fürchtete. Man wusste nie, wen Emilie besuchen wollte, geschweige denn, in welcher Reihenfolge wir wen besuchen würden. Es wurde so umständlich, dass wir die Herbstferien getrennt verbrachten. Auf dem Bahnsteig umarmte ich Emilie, als sähen wir uns nicht wieder, und drückte meinem Sohn förmlich die Hand – dieser starr vor Furcht, ich könnte ihn trotz meines Versprechens vor fremden Leuten zum Abschied küssen. Ich fuhr mit Lehrerkollege Bertram nach Weimar oder in die Stadt der Gleichheit und Brüderlichkeit, wo wir durch das Fenster des Bistros einen gallischen Stadtregen bewundern konnten, bevor ich Emilie einen Blumenstrauß durch Fleurop schicken ließ oder mich in eine Telefonkabine stürzte, um ihr mitzuteilen, wie sehr sie mir fehle. Ich ging durch enge italienische Gassen, blickte sentimental in die Wohnräume anderer Familien hinein, betrachtete voller Neid die nachmittägliche Passeggiata der Pärchen und Paare und sandte Emilie wehmütige Postkarten, die dann monatelang in einem bestreikten Briefkasten auf dem Bahnhof in Florenz lagen. In Wahrheit wäre ich doch lieber mit Emilie verreist, egal, bei welcher ihrer Schwestern ich vor Missmut implodiert wäre. Ich wollte mich nicht verzehren nach einer Abwesenden, sondern mit ihr unterwegs sein, mit ihr reden und sie anschauen und berühren und ihr Lachen hören.

Machte Emilie sich allein auf eine Reise, kochte sie nicht vor und schrieb keine Anweisungen, wie die Familie ohne sie zurechtkommen soll. Sie fuhr einfach zum vereinbarten Datum los. Ohne tausend schreckliche Bilder im Kopf, was zu Hause ohne sie passieren würde. Enthusiastisch stieg sie in den grünen Waggon, setzte sich auf die grüne Bank und verstaute den Koffer zwischen ihren Füßen. Frei von Angst und Sorge, während ich mich auf dem Bahnsteig unzählige Male vergewisserte, dass sie nicht in die verkehrte Richtung fahren würde. Ich hielt es keine Woche ohne sie aus, aber am meisten an ihr liebte ich, dass sie ihr eigenes Leben führte.

Meine erste Liebe war Emilie nicht, darf ich zugeben. Ich hatte noch keine Schneidezähne, da bewarf ich Margrit vom Gemüsemarkt auf dem Bundesplatz mit Schneebällen, und als ich davonlief, holte sie mich ein, riss mir die gestrickte Kappe vom Kopf und wusch mir mit Schneematsch das Gesicht. Margrit anzusprechen, das getraute ich mich nicht, aber mit Schnee bewarf ich sie oft.

Ich war vielleicht neun Jahre alt, als ich mich das zweite Mal in ein Mädchen verliebte, das nicht für mich bestimmt war. Valentina war zwei Klassen älter und duftete angenehm nach Lavendel. Ich bewunderte sie, weil sie so lange Zöpfe hatte, dass sie darauf sitzen konnte. Sie trug ein kristallweißes Kleid, hielt einen Fächer in der Hand und lehnte gegen das Feuerholz beim Wellblechunterstand des Quartiervereins. Ich weiß noch, dass meine Beine nachgaben und meine Halsschlagader so heftig klopfte, dass mein Blick sich trübte. Ich warf mit Kieselsteinen auf die Trams der Städtischen Straßenbahnen, aber Valentina spielte mit ihrem Fächer und schien sich nicht im

Mindesten für mich zu interessieren. Ich hielt ihr die Briefmarken hin, die ich von einer Postkarte aus dem fernen Portugal gelöst hatte und wie einen Schatz in meiner Hosentasche hütete. Valentina nahm die Briefmarken und verkündete: »Romain hat für mich einen Regenwurm gegessen.«

So begann mein Unglück. In den folgenden Tagen aß ich für Valentina mehrere Hände voll Ameisen, eine Anzahl Schmetterlinge, ein Körbchen mit Kirschen – Valentina aß das rotschwarze Fleisch und ich schluckte die Kerne – eine ungeheure Verschwendung von Munition für unsere Steinschleudern. Auf der Münsterterrasse lief sie vor mir her, wies mit dem Fächer da auf einen Grasbüschel, dort auf eine zerknüllte Anzeige für Büstenhalter und Korsetts aus einem Modejournal, und ich fügte mich ohne Widerrede. Ohne das leiseste Zeichen von Bewunderung oder gar Zuneigung trabte sie fort und kam mit ein paar Asseln oder einer Spinne zurück, die sie mir in ein Stofftaschentuch gewickelt hinhielt. Kaum war ich fertig, gab sie zu bedenken: »Romain hat für mich drei Schnecken samt Haus gegessen und nur aufgehört, weil Mama ihn zum Abendbrot gerufen hat.«

»Darf ich dich küssen?«, fragte ich.

»Ja, aber mach mir nicht die Wange nass, das mag ich nicht.«

Ich darf sagen, dass ich niemals auf einem Frauengesicht jenen Geruch von Bonbons, Brennholz und Lavendel wiedergefunden habe. Aber Sie können sich sicher vorstellen, Emilie zu lieben war um einiges einfacher.

Fünf Jahre warteten wir zu, bevor wir heiraten konnten. Ich bewachte den Simplonpass und hörte in silbrigen Nächten die melodischen Stimmen des Feindes, ich spielte Karten mit den Kameraden, lauschte von Salis' *Weltchronik* im Radio Beromünster und hortete Emilies Briefe, während sie Militärblusen ausbesserte und die weltweiten Sorgen teilte: Notvorrat, Verdunkelung, Rationierung, Heizungsprobleme, Evakuierungsfragen. Für alle Fälle hatte ich ihr einen Leiterwagen geschickt. Emilie stand dem Frauenverein in Ostermundigen vor und veranstaltete einen Nähkreis, einen Strickkreis, einen Weihnachtspaketkreis, Bazare und Kleidersammlungen fürs Rote Kreuz. Ich schrieb ihr, dass ich desertieren und heimkehren wolle, um mich unter ihrem Bett bis zum Ende des Krieges zu verstecken. Das sei ein irrsinniger Plan, schrieb Emilie zurück, sie wolle nichts davon hören.

Jede freie Minute verbrachte ich mit Lesen, ich las ihre wohltuenden, klugen Briefe wieder und wieder, bis ich sie auswendig konnte. »Wir versuchen, in den Dingen, die uns liebgeworden sind, den Glanz zu entdecken, den wir selbst auf sie geworfen haben«, schrieb sie, um dann einen Satz eines unproblematischen deutschen Philosophen anzufügen, der ihr etwas bedeutete: »Wir sehen die Dinge nicht, wie sie sind, sondern wie wir sind. Davon abgesehen könnten wir die Ehe auch ausprobieren, um herauszufinden, ob der Zustand uns nervt oder nicht. Wenn es nicht klappt, schreiten wir still und leise zur Scheidung, um niemanden zu verletzen.«

Die Briefe trug ich in den Innen- und Außentaschen meiner Uniform mit mir herum, und wenn die zerknitterten Umschläge sich aufzulösen begannen, steckte ich die Briefe in neue Umschläge.

Dann kehrte Frieden ein, und endlich wurde die Ehe zu Papier gebracht. Man übernahm die Schlüssel zu einer

Wohnung in Köniz, Agglomeration Bern, ging zusammen aufs Zivilstandsamt, unterhielt sich die ganze Nacht lang zu Unsinnsliedern, von lebensgierigen Amerikanern komponiert, und jagte dann die Gäste hinaus: Emilies Geschwister, die zusammen sechs Sprachen beherrschten, aber so redeten, dass man schon bei ihrer Muttersprache vor Langeweile umkam; unsere Väter und Schwiegerväter, die sich von Stunde zu Stunde einiger geworden waren, wie völlig verschieden doch unsere kriegsversehrten Nachbarländer seien, »und das soll zu einem gemeinsamen Europa zusammenwachsen?« Unsere beleidigten bis erschütterten Mütter und Schwiegermütter und Großmütter, weil sie sich die Braut im weißen Schleier und Orgelmusik und den priesterlichen Segen, am liebsten im Münster, gewünscht hatten.

Als sich die Geselligkeit aufgelöst hatte, stellte ich die Gläser kopfüber auf ein Tuch zum Trocknen und trat ins Schlafzimmer, und, Kâzim, diese Situation möchten Sie erleben: Beim Bett steht Emilie, hüllenlos, nur gerade mit einer Perlenhalskette bekleidet, und lächelt mir nicht ganz unbefangen zu. Ihr ansonsten ruhiger, gelassener Ehemann schaute sie an, ließ die ihm zur Hochzeit geschenkte Ledermappe an Ort und Stelle fallen und verfolgte sie durchs ganze Schlafzimmer.

Am übernächsten Morgen finden wir eine Postkarte im Briefkasten: »Sehr geehrte Mieter, nun sind Sie schon zwei Tage in der neuen Wohnung. Wir hoffen, Sie haben sich gut eingelebt. Sicher haben Sie inzwischen festgestellt, dass die Wohnungen am Fliederweg gegenseitig gut einsehbar sind. Besonders nachts, wenn bei eingeschaltetem Licht versehentlich die Fensterläden offen bleiben und die Vorhänge nicht zugezogen werden. Denken Sie daran, dass auch gegenwärtige und künftige Schüler von Ihnen zuschauen. Mit freundlichen Grüßen, Ihre Nachbarn.«

Mag sein, mein Einstand als Lehrer in Köniz war kein Triumphzug. Ein Wunder, dass ich nicht sofort einpackte, als ich das für mich bestimmte Schulzimmer sah: eine Ruine voller Schmutz und Mauselöcher, nackte Birnen, die an langen Schnüren von der Decke hingen, an der Wand eine eingeebnete Reliefkarte, die Schweiz vor der Alpenfaltung. Mit dem Rücken zu meiner streitbaren Klasse suchte ich im Schwammbecken verzweifelt nach einer brauchbaren Kreide. Am Schluss der Stunde lief mir der Schweiß von der Stirn, denn ich hatte so heftig mit der Faust auf den Tisch geschlagen, dass der Sohn des Gemeindeschreibers sich um das Mobiliar Sorgen machte, aber haben Sie's schon bemerkt? Die Tapete hat hier ein vom Rest abweichendes Muster. Und an dieser Stelle bauscht sie sich.

Meiner blutarmen, blassgesichtigen Schwiegertochter pflege ich zu sagen: »Geh spazieren, bevor du zwanghaft an den Gardinen riechst und die Buchstaben des Firmenschildes der Multimediaanlage mit der Pinzette säuberst. Bevor du deine Sinne mit mordlustigen Fantasien zu erhalten suchst, während du die Tigerfelle auf den Vordersitzen staubsaugst.«

Natürlich könnte sie nicht gleich großartig spazieren, wenn sie sich denn überreden ließe. Rentner mit lebenslanger Übung spazieren vielleicht großartig – ausgestattet mit einer Seglermütze, einer fransengeschmückten Provianttasche und einem schönen Stock, auf den sie sich stützen, den rechten Schuh schiefgetreten. Ohne Übung bleiben die meisten Menschen zweit- und drittklassige Spaziergänger. Spaziergänger, die nur lockeren, eher unaufmerksamen Kontakt mit der Außenwelt pflegen, Spaziergänger, die die Sensationen, die ihnen widerfahren, nicht bemerken. Die Sensation ist doch gerade, dass Sensationen nicht wie Sensationen aussehen. Morgens treten Sie vor die Tür und finden die Zeitung im Briefkasten, und Sie bleiben ganz ruhig, weil gestern dasselbe passiert ist und morgen wieder passieren wird.

Meine Schwiegertochter kommt vorbei, klappernde Absätze, vampirblaue, bald fünfzigjährige Augenlider. Sie packt einen in Farbe getränkten Pullover für mich aus, sinkt schief in den Fauteuil im Aufenthaltsraum, fragt, ob man diesen eigentlich nicht neu polstern könnte, und kommt dann auf ihr derzeitiges Lieblingsthema: Was wird aus Angela werden, falls sie nächstes Jahr tatsächlich die Matura bestehen sollte. Ich antworte wahrheitsgemäß, dass ich es nicht wisse. Sie nimmt die Hand aus ihrem Haar und starrt mich schweigend an, erschüttert von der Erkenntnis, mit welcher Gleichgültigkeit ich Familienmitglieder ins Unglück rennen lasse. Die Haarbehandlung Verenas: Immer scheint es auf ihrem Kopf etwas zu richten zu geben. Unablässig wird Haar gestrichen und hinters Ohr geklemmt, an Fransen gezupft oder gar mit allen fünf Fingern ins Haarbeet gegriffen. Vielleicht sollte Verena einmal einen entschleunigten Spaziergang riskieren? Was denken Sie, Kâzim? Vielleicht geht sie einmal zu Fuß einkaufen? Meine Schwiegertochter sagt, sie sei ständig erschöpft und friere, und ich sage ihr, was sie dagegen tun kann. Ist das nicht erlaubt? Die Menschen tun immer nur das, was sie tun wollen, so viel habe ich immerhin begriffen. Ich weiß, dass niemand Ratschläge annimmt.

Verena nimmt eine Tablette, wenn ich am Fenster stehe

und hinaussehe. Ich drehe mich um, und sie macht gerade die blauweiße Dose zu. »Im Urlaub«, behauptet sie, »an reizenden Orten – da spaziere ich. Bis zum Umfallen.«

Nur lässt sich Spazierzeit nicht speichern. Nicht gegangene Spaziergänge lassen sich nicht kompensieren. Wer fünf Stunden spaziert, wird sich schlechter fühlen als nach drei Stunden. Spaziergänge, die länger als anderthalb, bestenfalls zwei Stunden dauern, bringen kein zusätzliches Wohlbefinden.

Emilie weigerte sich immer, das einzusehen. »Ich kenne meinen Körper«, behauptete sie. »Und ich weiß, dass es mir guttut, fünf Stunden zu gehen, wenn ich mehrere Tage lang nicht oder nur wenig gegangen bin. Ich fühle mich danach besser.«

Auf Nachtspaziergängen war Emilie oft die letzte anständige Seele, die am finster bevölkerten Goldenen Anker vorbei Richtung Rugen strebte. Für einen mehrstündigen Nachtspaziergang der Lütschine entlang packte sie Stablampe und Ersatzbatterien ein, Trillerpfeife und Kompass, Schundliteratur und Kälteschutz und warmes Getränk im Thermosbehälter. Ich gärte regungslos in den Exkrementen des Waldes, während Emilie mir beim Licht der Stablampe mit krächzender Stimme eine grauenvolle Gespenstergeschichte zum Vortrag brachte. Sie machte die Umrisse kleiner Vögel in den Schatten eines Gestrüpps aus, wo ich, selbst nachdem sie mir die Stellen bezeichnet hatte, nur eine schwarze Mauer aus Blättern sah. Nach dem Erlebnis der Dunkelheiten, dem Abenteuer des Sternenhimmels, dem Ansturm von Spukgestalten und Fledermausflügeln kehrten wir bis auf die Knochen durchgefroren zurück. Mit klammen Fingern versuchen wir, die ledernen Knebelknöpfe der Mäntel zu öffnen. Wie können wir reizvoll aussehen, wenn wir das Gesicht so verzerren, dass es zu sagen scheint: »Das ist ja unerträglich.« Weshalb versuchen wir nicht, das Gesicht zu entspannen und dabei zu denken: »Herrliche kalte Nacht.«

Obwohl, kurz nach dem Besuch Verenas schaut meine Enkelin vorbei und geht mit mir eine Runde ums Heim. Am Tag, als sie geboren wurde, habe ich ihr sofort ein Sparkonto für eine spätere Ausbildung eröffnet. Ich wusste nicht, was ich vor lauter überströmenden Glücksgefühlen für sie tun konnte. Jetzt ist sie eine hochgewachsene junge Frau, bei weitem die Hübscheste der Familie, und ihrer Großmutter väterlicherseits am ähnlichsten. Wenn auch weniger verlegen als ihre Großmutter, sie erzählt mir freudestrahlend, wie sie einen Lehrer am Gymnasium dazu brachte, ihr die Hausaufgaben zu erlassen, indem sie andeutete, sie hätte Menstruationskrämpfe.

Die Mädchen meiner früheren Klassen haben mir gegenüber die Menstruation nie erwähnt, niemals. Ich weiß nicht, was dahintersteckt, eine Frau sollte auf den Monatszyklus stolz sein. Es ist fantastisch, was im weiblichen Körper vorgeht: die Gebärmutter, die Leistung der Eierstöcke … Wenn ich davon anfing, wechselte Emilie das Thema.

Vom Geruch des Pullovers, den mir Verena geschenkt hat, wird mir übel. Ich recke den Kopf und atme durch den Mund, aber die Übelkeit ist nicht zu vertreiben. Ich erkläre meiner Enkelin behutsam, was es für Vorteile und Nachteile mit sich bringe, dies oder jenes zu studieren. Ob sie schon eine Entscheidung getroffen habe? Vielleicht brauche sie einfach noch ein wenig Zeit, um herauszufinden, wer sie sei und wohin ihr Weg führe?

Angela blinzelt mich verschmitzt an. »Opa, sieh mich mal genau an!«

»Du hast dir die Augenbrauen zuschanden gezupft.«

»Sehr liebenswürdig.«

»Nun sag's schon!«

»Also, Opa, ich bin nämlich verliebt!«

»Und das soll ich dir ansehen?«

»Jawohl. Die geröteten Wangen, der verklärte Blick ...« Sie lacht kurz auf.

»Weißt du noch, mein liebes Großkind«, sage ich, »es sind noch keine drei Wochen her, da hast du mir gesagt, wenn du je im Leben wieder auf den Gedanken kämst, dich zu verlieben, dann solle ich dich ohrfeigen, rechts und links, und würde das nichts nützen, hast du mich ermächtigt, medizinische Hilfe in Anspruch zu nehmen.«

»Gabor war ein Monster.«

»Ich meine, du hättest festgestellt, alle Männer seien Monster.«

»Louis ist eine Ausnahme.«

»Und wer ist das?«

»Austauschschüler. Zwanzig, und spielt ausgezeichnet Beachvolleyball. Wie's ausschaut, werden wir in Marseille mit meinem Ausbildungskonto einen Party-Bootsverleih inklusive Catering aufziehen.«

»In der Regel stellt man lange und gründliche Überlegungen an, bevor man übers Aufziehen von irgendwas inklusive irgendwas eine Entscheidung trifft.«

Sie schabt sich die vorne spitz zulaufenden Schuhe am Randstein der Blumenrabatten ab. »Bringst du's meinen verkalkten Eltern bei, oder muss ich das selber tun?«

Ich stelle mir vor, wie Angela zum elterlichen Haus zurückfährt und die Bombe platzen lässt. Ein Haus mit englischem Rasen und einer geblümten Hollywoodschaukel, Markus darin schaukelnd, die defekte Regenrinne betrachtend. Sich bei Verena beklagend, dass die Hypothek ihnen jeden Spielraum nehme und dass der Gespritzte zu warm sei.

»Ich gehe nicht auf die Uni«, sagt Angela, und die Augen ihrer Eltern richten sich auf sie.

Verena schlägt ihre Hände gegen die Stirn, fährt mit den Fingern durch ihr Haar und zieht eine fürchterliche Grimasse. »Darf ich fragen, wieso nicht?«

»Ich brauche Zeit, um herauszufinden, wer ich bin und wohin mein Weg führt«, erklärt Angela. »Erst einmal führt er mich nach Marseille. Ich erprobe meine Selbstständigkeit. Das werdet ihr doch unterstützen?«

»Darüber können wir gerne reden«, sagt Markus. »Aber das Ganze hat sicher mit deinem Großvater zu tun, richtig?«

Angela stapft ins Haus, Verena schluckt eine beruhigende Pille – oder eine aufmunternde, damit die beruhigenden nicht zu sehr beruhigen.

Glauben Sie mir, wenn man fünf Jahrzehnte verheiratet gewesen ist, dann ist es manchmal verwirrend, in anderer Begleitung zu spazieren. Falls Sie mich begleiten sollten, Kâzim, werde ich auf der Hut sein, dass ich Sie nicht plötzlich »Liebste« nenne oder in gewohnter Vertrautheit den Arm um Ihre Hüften lege. Noch heute fährt meine Hand vor dem Einschlafen mechanisch auf Emilies Bettseite hinüber. Woraus besteht so ein Pullover überhaupt? Bestimmt nicht aus einem Material, das auf dem Rücken eines Tieres wächst.

Sicher, Spazieren kann eine Qual sein. Noch im zivilisiertesten Fußverkehrsnetz gibt es Abschnitte, die auch einem eingefleischten Spaziergänger unbehaglich sind. Wege und Trottoirs mit unergründlichen Schwellenhöhen, Wasserlachen, Wurzelschäden, Pflastersteinen, so weit voneinander entfernt, dass man in den Zwischenräumen stecken bleibt – so achtlos arbeiten Tiefbauämter. An Trottoirs gestellte Nutzungsansprüche wie Veloparking, Hundebedürfnisanstalt oder Verkehrsschilderdeponie engen meinen Bewegungsraum ein. Aber alles Schwierige, wahrhaft Bereichernde erschließt sich einem niemals bei schnell fertigem Gebrauch. Die Orgelwerke von Bach, die Dramen Shakespeares, die Geheimnisse des Weltraums und der Decke der Sixtinischen Kapelle, das alles verlangt anhaltende und liebevolle Beschäftigung. Bei der Begehung heikler Streckenabschnitte verhält es sich nicht anders. In großer Freiheit des Gemüts wählen wir uns aus, was uns zumutbar ist. Mit der Zeit werden wir auch auf säumig gewarteten Trottoirs heimisch.

Wissen Sie, ich habe ums Spazieren willen schwere Landspazierwege auf mich genommen. Ich bin ums Stadtspazieren willen mit Bussen belegt worden. Aber wenn ich noch hundert Leben hätte, ich würde vom ersten Moment an, in dem ich denken könnte, wieder Spaziergänger werden. Ganz egal, womit ich mein Geld verdiene, ob wieder als Lehrer oder an einer Hobel-, Bohr- und Fräsmaschine, als launischer Hausmann, Ameisenforscher, Erbadliger oder als orange uniformierter Straßenkehrer – mein Leben wird sinnvoll in dem Augenblick, in dem ich spaziere. – Die Bussen? Betreten privaten Eigentums, Benutzung öffentlichen Grundes ohne Bewilligung, Verursachen einer verkehrshemmenden

Personenansammlung. Gesetze sind zu unserem Besten erlassen worden, aber ein Spaziergänger kann unmöglich alle befolgen. Die verkehrshemmende Personenansammlung hatte ich verursacht, als ich Jugendlichen vor dem Autonomen Zentrum beim Bollwerk einen Vortrag über die Kunst des Spazierens gehalten hatte.

»Kennt ihr die Szene?«, fragte ich. »Ihr setzt euch auf eine Parkbank im Rosengarten, und die ältere Dame neben euch hält die Tasche besonders fest? Vielleicht versetzt sie eure schwarze Kleidung, der Metallschmuck, das Stachelhalsband in hellen Aufruhr? Erklärt der Dame, dass ihre Furcht unbegründet sei. Bietet ihr an, sie auf einem Spaziergang zu begleiten, und erzählt ihr von euren taubblinden Großvätern, die ihr früher spazieren geführt, aber niemals benützt hättet, um Almosen zu betteln.«

Ob Sie's glauben oder nicht, die Jugendlichen scharten sich amüsiert um mich.

Das Spazieren wird an keiner Schule, keiner Universität gelehrt. Niemand scheint daran interessiert zu sein, andere zu eigenständigen, über sich und die Umwelt nachdenkenden Spaziergängern zu machen. Nur wer nicht weiß, woher er kommt, wohin er geht und was sich dazwischen alles zuträgt, ist ein dankbares Opfer für alle, die ihn herumjagen wollen. Der unterbezahlten diplomierten Pflegefachfrau wird nach fünfundzwanzig Jahren vor versammelter Belegschaft ein Blumenstrauß, eine Urkunde mit angekohlten Ecken und eine furchterregende Anstecknadel überreicht. Sie lachen, Kâzim. Ist das Leben für Sie ein Bühnenstück, über das man lacht? Stehen Sie nicht mittendrin?

Wo kommen Sie her, Kâzim? – Und Ihre Eltern? – Nein, nie, leider. Und meine Kenntnis des Türkischen beschränkt sich auf eine einzige Redensart: *Jawasch söilerssenis daha eji anlajadjaim.* – Was das heißt? *Jawasch söilerssenis daha …* – Verstehen Sie nicht? Nein? Vielleicht sprechen Sie einen anderen Akzent? – Wären Sie je auf die Idee gekommen, Ihrem Lehrer mit einer schnatternden Gans unterm Arm oder einer Flasche Schnaps die Aufwartung zu machen? Das wäre glatte Bestechung, nicht? – Aber was glauben Sie, was Emilie und ich alles erlebt haben.

Meine zweite Stelle. Im Emmental, Nebelhölle. Wir die einzigen Heiden unter lauter Stündlern, die mir beim Elterngespräch mit voller Überzeugung mitteilen, dass sich ihr Ueli entschieden habe, nicht zu sündigen, das Thema Sünde sei für ihn nach dem Sturz aus Eichenbergers Kirschbaum ein für alle Mal erledigt, und ich solle mich doch bitte bemühen, Uelis Gottgefälligkeit zu befeuern. Emilies Eingabe zum Wandteppich-Projekt »Die Schöpfung« – Klein-Eva schaut in den Schrank und unter das Bett und erklärt Klein-Adam mittels einer Sprechblase, sie suche nach Gott – weist der Kirchgemeinderat mit der Bemerkung zurück: »Freidenkerischer Einschlag.«

Wenige Wochen nach meinem Schulamtsantritt hält ein Traktor vor der Tür und Uelis Vater lädt zwei pralle Säcke ab. Ich schaue Emilie fragend an, aber sie hat weder einen Sack Zwiebeln noch einen Zentner Kartoffeln bestellt. Der Bauer sagt, das habe schon seine Richtigkeit, und nebenbei bemerkt, Ueli sei unglücklich mit seiner Rolle als Judas im Weihnachtskrippenspiel. Ich sage, entweder zahlten wir für die Feldfrüchte, oder er solle sie wieder einpacken. Uelis Vater nimmt das Geld und zieht verstört ab. Was ist denn das für ein neuer Lehrer? Als ich ihn zum Traktor bringe, sehe ich, wie sich im gegenüberliegenden Haus eine Gardine bewegt. Also gehe ich am Abend in die Sonne und verkünde, dass wir die Kartoffeln und Zwiebeln bezahlt hätten. Bezahlt! Die Wirtin nickt verständnisvoll, streicht mir ein Bier ab und schenkt mir einen Holunderschnaps ein. Schließlich dürfe sie doch wohl dem Herrn Lehrer ihres Vrenis einen Schnaps spendieren, oder? Und was Vrenis Eintrag »Mais ist eine Gottheit!« im Religionsheft zu bedeuten habe? Alle paar Tage traten meine Schülerinnen mit selbstgerupften Blumensträußen vor Emilie hin und strahlten und hofften, dass ich ihre Schönschrift nun besonders würdigte. Zu Weihnachten bastelten die Mädchen Gläseruntersetzer, Schnittlauchtöpfchen und Salzteigkunstwerke für Emilie, und die Buben überreichten mir Seifen und Apfelwein. Wir schickten alles, was Eltern spendeten, zurück – bis auf das frischgeschlachtete Kaninchen, das ein Bauer zu meinem Geburtstag schenkte. Nicht, dass ich das Kaninchen behalten wollte, nein, aber wir konnten es nicht zurückschicken, weil es spurlos verschwunden war. Wo war es? Eine Schülerin – Maria?, Michaela? – petzte es mir. Das wäre Ruedi gewesen, der Sohn des Spenders. Ruedi habe die Wut gepackt, weil er mich nicht leiden konnte, er hätte das Kaninchen aus dem Lehrerzimmer entwendet und wieder mit heimgenommen und gesagt: »Werd ich den Hundsfott unseren Fridolin fressen lassen?«

Am Ende seiner Schulzeit legte ich Ruedi die Hand auf den mit Kuhfell bespannten, nutzlos gewordenen Schulranzen und sagte anerkennend: »In dir steckt etwas. Du wirst es weit bringen.«

Irgendwann vernahm ich in einer Lehrerfortbildung, dass Ruedi in Konolfingen mit einem Karabiner an den Werktisch seines Schlossermeisters getreten sei. Ich nehme an, Ruedi gewann einen Einblick ins staatliche Behördenwesen, wie er wohl kaum vielen zuteilwird.

Wie kalt die Winter waren im Emmental! Eis bedeckte die Bäche, die Felder waren hart wie Fels. Buben, die sich auf dem Schulhof hatten prügeln wollen, mussten wegen der stechenden Kälte wieder ins Schulhaus zurück. Die Lehrer im Lehrerzimmer hüllten sich in Wolljacken, Mäntel und Armeedecken. Auf meinem Kaffee bildete sich eine Eisschicht und im Kamin erstarrte die Flamme. Man konnte die Flamme berühren. Wir brachen uns Stücke davon ab und steckten sie in den Mund, sie schmeckten wie Peperoncini. In diesem unwirtlichen Tal ist unser Sohn zur Welt gekommen, auch meinen Schülerinnen zur ungehemmten Freude. Sie schrieben Brieflein ins Regionalspital Langnau: »Ist alles gutgegangen, Frau Zbinden? Wie viel wiegt er? Ist alles an ihm dran und richtig? Unser Lehrer hustet so glücklich.«

Ich war in der Stadt geboren und aufgewachsen und fühlte mich auf dem Land nie ganz wohl, obwohl ich im Emmental mehr als fünfzehn Jahre lang unterrichtete. Für einen Stadtspaziergänger konnte diese Gegend genauso wenig ein ständiger Wohnsitz sein wie Elba für Napoleon. In den Sechzigerjahren wechselte ich die Stelle, und wir zogen in eine Miniaturstadt zwischen Thuner- und Brienzersee. Elektrizitätswerk, Skitouristen, italienische Restaurants, zwei Apotheken, eine Doppelturnhalle und zweitausend Haushalte. Angrenzende, sonnige Berge und Gehölze und unter

Schutz gestellte Uferlandschaften für Emilies Landspaziergänge.

Wir mieteten ein Haus unweit der Aare und gliederten uns ein. Ein leichtgewichtiges Haus, wie es Kinder zeichnen: eine Tür in der Mitte, zwei Fenster unten, zwei Fenster unters Giebeldach geduckt. Rosenbüsche an beiden Seiten der Tür, Genüsse der Jahreszeit im Garten. Die Wände wurden mehrfarbig, Waschmaschine und Ölheizung wurden angeschlossen, eine Bernina angeschafft, Emilies Atelier eingerichtet. »Frau Zbinden, an meinem blauen Kleid ist eine Naht geplatzt. Könnten Sie?«

Die Frauen der Unteren Goldey bis zur Seidenfadenstraße taten ihr Entzücken kund, wenn sie die abgeänderten Stücke bei Emilie abholten, und diejenigen, die sich besonders begeistert zeigten, erhielten einen Nachlass im Preis. Emilie verstand etwas vom Zuschneiden und Nähen, sie kam mit dem Metermaß herein und ging zweimal um einen herum, und bevor man richtig wusste, was passiert war, setzte man sich zu seinem Gatten in den Kronleuchtersaal im Victoria-Jungfrau mit einem Kleid, das den niederländischen und englischen Damen an den Nebentischen die Sprache verschlug.

»Gibt's ein Problem?«, fragt Emilie, wenn Annemarie Gygax das vierzehnte Kleid über den Paravent wirft.

»Es ist sinnlos«, seufzt Annemarie. »Mir steht nichts. Aber auch gar nichts.«

»Tue Folgendes«, entgegnet Emilie. »Frage dich, was will ich mit dem Kleid sagen?« Sie hebt ein Kleidungsstück nach dem anderen vom Boden hoch und hält es Annemarie an den Körper. »Willst du sagen: Hallo, seht mich an, die Perle des Abends? Willst du sagen: Still, unauffällig, aber innen drin lauert eine Pferdediebin, die ins Freie will? Willst du sagen: Ich hatte eine miese Woche, also sehen wir zu, dass wir den Wein nicht schlecht werden lassen? Oder willst du sagen: Ich bin mit meinem Mann da, bin aber offen für Angebote?«

»Ich will sagen, ich habe noch die Kinder ins Bett bringen und dem Hütemädchen die Notfallnummern aufschreiben müssen und hoffe doch, ihr habt nicht meinetwegen mit dem ersten Gang gewartet.«

»Gut, also Kochschürze und Staubwedel«, und ich verließ unser verwunschenes Haus. Ich hatte etwa zwanzig Minuten zum Lehrerpult am Steindler, aber der Heimweg verzögerte sich oft, denn es gab unterwegs viele Gelegenheiten zu sanftmütigen Seitensprüngen: die Räuberecke, die Sitzbänke auf dem Stadthausplatz, wo ich den Magen warmlaufen lassen und mich auf Emilie freuen konnte. Einmal erlebte ich von dort aus die Sintflut. Tiefschwarzer Himmel, dann öffneten sich über der Stadt die Schleusen. In Minutenschnelle verwandelte sich die Straße in einen Fluss, die Frauen zogen die Röcke hoch und retteten sich im kniehohen Wasser in die Konditorei Mohler oder trugen sich gegenseitig huckepack über die rettende Brücke nach Interlaken. – Sie glauben mir nicht? Emilie stellte den Gartenzaun mit Sandsäcken zu, während ich mich ihr tropfnass näherte, ohne Eile, aber mit einem gewissen Gefühl der Sicherheit, wie zu einem fest erworbenen Gut.

Wenn Leute zuzogen, stattete ihnen Emilie einen Besuch ab. Allein oder an der Spitze eines kleinen Empfangskomitees. Sie nahm Begrüßungsgeschenke mit, einen Korb mit Brot und Salz, eine Flasche Mineralwasser, und stellte sich den neuen Nachbarn vor. Emilie war so angefüllt mit schönen Dingen, die sie mit anderen teilen konnte, ihr ganzes Leben war ein Teilen mit anderen, so wie ich es auch für mein Leben wünsche. Glauben Sie mir, deshalb bemühe ich mich darum, innerlich reich zu werden. Damit ich jedes Mal, wenn ich mit jemandem zusammen bin, etwas mit ihm teilen kann.

Ich erinnere mich an einen Spaziergang am Brienzersee. Sand, Kiesel, umgedrehte Boote. Unser zweijähriger Sohn lief auf das Seeufer zu. Ich sah es und wollte ihn daran hindern. Emilie hielt mich fest und sagte: »Lass ihn laufen!«

Und der kleine Kerl, er konnte sich kaum auf den Beinen halten, wackelte weiter den Hang hinunter. Die Geschichte hat ein glückliches Ende, mein Sohn ist nicht ertrunken.

Sehen Sie, Kâzim, im ersten Stock ist's dunkel, selbst wenn draußen die Sonne scheint, und alles ist in dichtes Schweigen gehüllt. Dort hinten, das ist Herr Wenk. Der ist vielleicht grimmig, wie? Na los, winken Sie ihm freundlich zu.

Warum ich Emilie gern hatte, ist nicht schwer zu begreifen. Aber ich habe mich oft gefragt, was sie an mir hatte. Jahrelang hatte ich das unbehagliche Gefühl, dass ich ihr etwas schuldig bliebe. Von allen Dingen, die ich mich rühme, nie gelernt zu haben – auf Vorrat einkaufen, Shampoo und Sonnenmilch ersetzen, Altpapier bündeln, ans Telefon gehen, Dankeskärtchen schreiben, Blumen wässern, Gartenwege rechen, Unkraut vertilgen, Essensreste in Gefrierbeutel füllen –, lässt sich leicht ableiten, womit Emilie ihre Hauszeit zugebracht hat. Gartenarbeit war für sie lichte Freude an dem, was wächst, für mich ein schmerzender Rücken.

Wenn ich in der Weissenau ein Feuer bereitete, konnte sie über den Picknickplatz zu mir hinrennen und ihre Arme um mich werfen. »Was für ein herrliches Feuer hast du gemacht!«

Und ich denke: O Gott, ich benötige zwölf Ausgaben vom *Oberländischen Volksblatt* und einen Berg zundertrockener Späne und fabriziere einen Qualm, dass die Tiere in Scharen aus dem Wald flüchten. Früher oder später wird sie die Wahrheit herausfinden und mich verachten. Was sieht sie in mir?

Ich weiß, dass meine körperliche Erscheinung in Ordnung ist. Es gab Jahre, da sah ich regelrecht attraktiv aus. Aber es spielte keine Rolle, wie gut ich aussah, denn sobald Emilie vor mir stand, war ich überzeugt, dass sie durch mich hindurchblickte und den dürren, unbeholfenen Jungen erkannte, der sich im Musikspiel der Kadetten mit seinem Piccolo hinter seinem größeren Bruder verbarg, aus Angst, wegen ein paar falscher Töne gefressen zu werden.

»Emilie, was siehst du in mir?«, konnte ich sie fragen, und sie konnte sich zu mir aufs Sofa setzen, meinen Arm streicheln und antworten: »Lukas Zbinden, du bist liebenswert, so wie du bist. Du glaubst, da müsse noch etwas dazukommen, aber das muss es nicht. Du bist ein Skorpion, und Skorpione haben die Eigenschaft, den Schwanz über den eigenen Rücken zu krümmen, bereit, sich selbst zu stechen. Verabschiede dich von einem alten Freund – der Selbstkritik.«

Woran messen Sie Intelligenz, Kâzim? Ganz oben auf der offiziellen Liste steht die Fähigkeit, komplexe Probleme rasch zu durchschauen, bestimmte Lese- und Schreibleistungen zu erbringen und algebraische Gleichungen flott zu lösen. Emilie hielt die Fähigkeit, jeden Tag und jede Stunde des Tages auszukosten, für einen verlässlicheren Gradmesser der Intelligenz. Je glücklicher Sie sich selbst machen können, desto intelligenter sind Sie. Für Kinder ist es selbstverständlich, sich selbst schön und schrecklich wichtig zu finden, aber später verinnerlicht man die Forderungen, die die Umwelt an einen stellt. Man ist ja schließlich nicht auf der Welt, um sich selbst zu mögen, was sollen denn die anderen von einem denken?

»Sieh der Tatsache ins Auge«, sagte Emilie. »Diejenige Person, mit der du am meisten Zeit des Lebens verbringst, bist du selbst. Lerne, dich selbst zu mögen.« Sie drückte sanft meinen Arm, und ich spannte unwillkürlich die Muskeln. »Lukas Zbinden, ich wusste gar nicht, dass du einen Bizeps hast!«

Also klebte ich einen Zettel an den Badezimmerspiegel mit der Aufforderung: »Mag dich!«

Meine Selbstzweifel wurden deswegen nicht geringer. Ich heftete einen neuen Zettel an den Spiegel: »Mag dich trotzdem!«

Das half.

Frau Grundbacher, schönen guten … – Wie? Was ist herausgesprungen? – Na, na. Sie müssen besser acht … – Sicher, besser vorbeugen als später dran leiden. – Na ja, nein. – Ach, es ist ungeheuerlich, was man alles aus Abreißkalendern erfahren kann. – Kâzim hat recht, das ist ein hübscher Rollator, den Sie da haben, Frau Grundbacher. Neu? – Doch, doch, schöne Farbe, wie Kâzim sagt, sehr schlicht. Sie kennen einander nicht? – Unser neuer Zivildienstleistender. Hat sich an mich gehängt und verwickelt mich gegen meinen Willen in ein Gespräch. – Na dann, Frau Grundbacher, freuen wir uns auf den nächsten Tag. – Auf Wiedersehen. – Hier, Kâzim, um die Ecke, nehmen wir das nächste Stockwerk in Angriff.

Sie haben Frau Grundbacher aber ganz schön Honig um den Mund geschmiert! Sie will gerade anfangen zu meckern, und Sie nehmen ihr allen Wind aus den Segeln. Hübscher Rollator, also, ich muss sagen. Ist es nicht verwunderlich, dass wir uns immer wieder begegnen, Frau Grundbacher und ich? Ich linse um jede Ecke, damit ich ihr nicht begegne, und sie macht Umwege, um mir auszuweichen. Scheint aber guter Laune zu sein. Ich will sie auch wirklich nie mehr schlechtmachen. Ich werde mich bemühen, bitte, glauben Sie mir. Andererseits, machen Sie eine Umfrage. Man wird Ihnen bestätigen, dass jeder vernunftbegabte Mensch nach einer Stunde in der Nähe von Frau Grundbacher das Gefühl hat, das sei jetzt fürs Erste genug.

Heute Morgen im überheizten Aufenthaltsraum. Die Strahlen der Morgensonne dringen herein, bringen die gelben Samtvorhänge zum Leuchten. Ich schreibe einen Wunsch auf ein Blatt Papier, einen Wunsch für den Kummerkasten im Speisesaal: »Einmal Blütenküchlein bitte.« Herr Ziegler liest mit der Leselupe *Mit dem Fahrstuhl in die Römerzeit*, einen zerfledderten archäologischen Ausgrabungsbericht, mit dem er seine Faszination für die Abenteurer des Spatens hochhält. Herr Feuz füllt eine Wettbewerbskarte aus, um Küchenschränke im Wert von fünftausend Franken zu gewinnen, und hält dem fünfundneunzigjährigen Herrn Eggenschwiler den Platz am Fenster frei. Frau Rossi sitzt stumm, bewegungslos und vertrauensvoll im Rollstuhl, eine Fliege lässt sich ungestört auf ihrer Hand nieder. Herr Probst berichtet Frau Dürig seinen letzten Kontakt mit dem Kundendienst-Team einer Werkzeugversandfirma, während Frau Dürig den Rest des Zuckers aus der leergetrunkenen Teetasse mit dem baumelnden Teebeutelfaden saugt. Frau Grundbacher erklärt dem bemitleidenswerten Herrn Eggenschwiler, der seinem von Herrn Feuz freigehaltenen Platz am Fenster keinen Schritt näher kommt, was sich in ihrem Magen abspielt. Das ist der Anteil des Betagtenheims am Weltgeschehen.

Am Tisch neben mir sitzen Herr Hügli und Frau Lüscher-Stucki. Die kaum siebzigjährige Frau Lüscher-Stucki, die es ein paar Monate nach der Beerdigung ihres Mannes satt hatte, die Mahlzeiten allein einzunehmen. Gelegentlich tappt sie im weinroten Abendkleid in den Speisesaal, zupft sich den Kragen zurecht, ringsherum Geklapper von Essenswagen und Tabletts. Sie werden bald herausfinden, wen ich meine. Das weiße Haar blau getönt.

Herr Hügli zieht das Pferd quer übers Schachbrett. Frau Lüscher-Stucki schreckt auf. »Moment!«, ruft sie mit schriller Stimme in den stillen Aufenthaltsraum. »Mit dem Pferd geht's anders!«

Herr Hügli erwidert: »Nun seien Sie nicht so kleinlich, Frau Lüscher-Stucki. Hauptsache, man hat Spaß.«

»Aber nicht doch!«

»Sie machen einen Lärm wie ein Meerschwein«, mischt sich Herr Ziegler ein. »Alessandra, würden Sie Frau Lüscher einen Lappen in den Mund stopfen? Wenn hier jeder so schreien würde, gäbe es einen Lärm, dass die Türen und Scheiben zitterten.«

»Nein!«, ruft Frau Lüscher-Stucki tapfer, »Hauptsache, man spielt richtig!«

Und – ich kann es nicht oft genug betonen – so ist das mit einer Freizeitbeschäftigung. Es kommt nicht darauf an, dass wir überhaupt eine Beschäftigung haben. Neulich sagt mir eine traurige Gestalt aus dem zweiten Stock: »Ich hungere mich aus der Welt.«

Es kommt darauf an, dass man die richtige Freizeitbeschäftigung hat. Eine Freizeitbeschäftigung, mit der man leben kann, wenn's sehr dunkel wird, die Halt gibt in großen Anfechtungen, die keine Bedingungen betreffs des Alters und der Leistungsfähigkeit stellt, die keinen Nachweis einer ungeminderten Denkfähigkeit fordert, eine Beschäftigung, während der man unbesorgt sterben kann. Das unbesorgte Sterben ist eine große Probe auf die Richtigkeit einer Freizeitbeschäftigung. Meine Großmutter spazierte bis ins hohe Alter. Mit vierundneunzig Jahren bückte sie sich so tief nach einer Wiesenblume, dass ihr Herz versagte.

Hier im Heim gibt's Leute, die nicht spazieren, weil sie an mir Anstoß nehmen. Vor mir sitzt eine junge Frau, die mir erklärt: »Ich mache ein Praktikum, ich studiere Psychologie.«

Ich sage: »Schön. Was gibt's Neues?«

Wie war doch gleich ihr Name? Wissen Sie vielleicht ihren Namen? – Aufgesteckte Zöpfe, Praktikum? Ein Gesichtsausdruck wie aus dem Frauenmodekatalog? Nein? – Sie lächelt: »Herr Zbinden, ich habe Ihnen vorhin im Speisesaal ein wenig zugehört. Wissen Sie: Spaziergänger sind keine besseren Menschen.«

Dann geht's los. Ich bekomme Geschichten erzählt über Leute wie mich: »selbsternannte Lebensberater«. Der eine hat Vertrauen missbraucht. Der andere ist mit der Kasse durchgebrannt. Überall ist etwas passiert mit »selbsternannten Lebensberatern«. Was soll man darauf sagen? Kein Spaziergänger behauptet: Folge mir, so wirst du selig. Sie sagen: Folge dem Weg, so wirst du selig. Ein Spaziergänger, der vom Spazieren erzählt wie ich, ist ein Wegweiser. Bei einem Wegweiser stört es nicht, wenn er krumm und schief ist oder vom Regen verwaschen. Wenn ich nur sehen kann, wohin er weist. »Wollen Sie sich vor dem Spaziergang drücken, weil Ihnen der Quatschkopf in Ihrem Betagtenheim nicht passt?«, sage ich zu … wie war noch gleich ihr Name.

Frau Lüscher-Stucki hat früher im Schachverein gespielt. Herr Hügli wird sich ein Schachbuch kaufen und heimlich üben müssen. Er ist überhaupt kein Spieler. Gestern Abend warf er beim ersten Spiel die Karten hin und sagte: »Sie können nicht verlangen, dass ich mit diesen Karten spiele!«

Ich schob die ausgeteilten Spielkarten zusammen und notierte für mich und Herrn Probst zweihundertsiebenundfünfzig Punkte. Da kenne ich nichts. Man spürte sofort, dass etwas mit Herrn Otzenberger ganz und gar nicht mehr stimmte, als es Herrn Hügli in diesem Frühjahr gelang, ihn matt zu setzen.

Im Speisesaal legt Herr Hügli kleingekautes Fleisch zurück auf den Teller, um es später seinem Kater zu füttern. Ein schwarzweißer Kater, der mit seinem gelichteten Fell und dem geheimnisvollen Knick in seinem Schwanz ziemlich mitgenommen aussieht. Seinerzeit ein berüchtigter Straßenkämpfer, jetzt im Ruhestand. Sicher, und ob das stört. Hüglis Kater stört alle, die Katzen im Altersheim für nicht besonders hygienisch halten. Katzen dösen ja nicht immer, sie klettern auch, zum Beispiel über die Kastanie im Innenhof bis hinauf in Frau Wyttenbachs Zimmer, wo sie sich im Bett verkriechen. Frau Wyttenbach beschwerte sich mit laufender Nase und geröteten Augen bei der Heimleitung. Die Luft hier sei voll von Katzenhaaren, man finde sie in der Suppe, in der Nase, die Kissen im Aufenthaltsraum seien zerfetzt, als habe jemand seine Krallen daran ausprobiert. Sie forderte Sanktionen. Soviel ich mitbekommen habe, versprach der Heimleiter Frau Wyttenbach, die Angelegenheit zu prüfen, wenn sie ihm einen schriftlichen Bericht über den Fall abgebe, den man dann in einer Sitzung behandeln würde. Damit war die Sache für ihn vom Tisch.

Nicht aber für Frau Wyttenbach. Was macht sie? Flink wie ein Wiesel huscht sie quer durch die Eingangshalle zur Kellertür, wo ich eben Hüglis Kater habe die Kellertreppe hinabsteigen sehen. Mit einem groben Fußtritt wirft sie die Tür zu, holt tief Luft und dreht den Schlüssel. Vorsichtig schaut sie sich um.

»Aber hören Sie mal, gute Frau Wyttenbach«, sage ich, »das ist nicht in Ordnung. Kalt dort unten im Keller. Mag ja sein, dass Sie Gandhi nicht leiden können. Aber so, wie ich die Sache sehe, mögen ihn sonst alle, und wenn Sie ihm weh tun, wird man Sie möglicherweise wegbringen.«

Frau Wyttenbach zeigt sich reuig, öffnet die Kellertür und wirft Gandhi, der ins Freie springt, als wäre er tagelang mit einer Aktivierungstherapeutin im Lift eingesperrt gewesen, ein Basler Leckerli zu. So ist das Leben. Da erfindet man den gewaltlosen Widerstand und befreit Indien, und fünfzig Jahre später tauft Herr Hügli einen verrufenen Kater nach einem.

Andererseits ist ein Spaziergänger, der an einer Treppe scheitert, nur ein halber Mann seines Fachs. Nicht wahr, Kâzim, wir werden diesen steilen Abhang gemeinsam meistern! Die Nachwelt soll Lukas Zbinden nicht nachsagen können, er habe sein Fußwerk schludrig betrieben. Und dann begleiten Sie mich vielleicht nach draußen? Lassen Sie sich mit der Entscheidung ruhig Zeit, ich will Sie nicht drängen. Allerdings ist ein Spaziergang eine gute Gelegenheit, um sich einmal ausführlich zu unterhalten, Sie und ich.

Was würden Sie einer Neunzehnjährigen schenken, die schon alles hat? – Es soll eine Überraschung sein. – Ich dachte nur, Sie hätten vielleicht eine Idee. Als kleines Mädchen liebte es Angela, mit ihren Großeltern und Eltern dem Lombach entlang zum Neuhaus am Thunersee zu gehen. Sie rief die Pflanzenwelt am Wegrand mit Namen auf, mein Sohn rief die vorbeifahrenden Automobile mit Namen auf, dann machten sie einander vorwurfsvoll darauf aufmerksam, dass sie einander nicht zuhörten. Auf dem Heimweg pflückte sie goldgelben Huflattich am Grabenrand oder setzte sich in die lehmige Ackerfurche beim Golfplatz, was ihrer Mutter hinter der Filmkamera etwas energisch vorkam. Emilie und ich schätzten es, dass in der Nähe unserer Enkelin immer viel mehr los war als bei uns allein. Oft fanden wir uns wieder im Fragealter – wenn wir innerhalb von zehn Minuten neunundzwanzig Fragen stellten. Welcher Schmetterling ist das? Was lebt in Tümpel, Bach und Weiher? Und überhaupt, sind die Sterne am Himmel vielleicht auf einen Vorhang gemalt? Wir hoben Stecken vom Boden auf und ließen sie an Zaunpfählen entlangrattern.

Einmal hören meine barfüßige Enkelin, Emilie und ich einer Singdrossel zu, die auffällig niedrig wenige Schritte von unserem ausgetretenen Weg entfernt auf einem Baum sitzt. Ein großer Mann hätte sie greifen können, so niedrig sitzt sie. Eine Frau vom Zeltplatz geht mit einem Jungen vorüber. Das Kind hört den Vogel, es zerrt an der Hand der Mutter und will stehen bleiben. »Schau mal!«

Der Junge fragt nach dem Namen des Vogels, die Frau antwortet: »Eine Lerche, komm jetzt.«

Worauf Angela ehrlich erstaunt sagt: »Aber Oma, das ist doch eine Singdrossel?«

Der Vogel sitzt vor uns, von der Sonne beschienen, die uns im Rücken steht. Auf der hellen Unterseite ist jeder einzelne braunschwarze Tupfer zu erkennen; beim Singen können wir in den offenen Schnabel sehen.

»Wir wollen mal zuhören, ob sie immer dasselbe singt«, sagt Emilie.

Tut sie nicht.

»Wie mag sie sich wohl festhalten? Merkwürdig, dass die Drossel so lange still sitzen kann. Ich glaube, sie kann länger auf dem dünnen Zweig sitzen, als wir hier auf dem festen Boden stehen können. Wollen wir ausprobieren, wer von uns vieren es am längsten aushält?«

Das wollen Angela und ich, und der Vogel offenbar auch. Wir stehen über eine Viertelstunde. Angela wippt auf den Beinen, spreizt die Zehen, geht in die Knie. Sie bettelt den Vogel an, »Ramseiers« zu singen, und er lässt etwas heraus, das man mit viel Fantasie dafür halten kann. Wie man sich manchmal in der Nacht einbildet, der Wind würde etwas sagen. Sie sehen, Angela war eine tadellose Spaziergängerin. Und nun – wie finden Sie das? Vorgestern sagt sie: »Großvater, du hast sicher recht, ich muss auch die Spaziergängerin in mir pflegen. Eines Tages werde ich …«

»Eines Tages?«

»Nun ja, später.«

»Wieso nicht heute?«

Angela kocht heiße Schokolade für uns und macht sie, von

einer Tasse in die andere gießend, wieder kalt. »Ich möchte ja, und darum werde ich auch mal auf alles Mögliche verzichten, aber vorher möchten wir noch etwas erreichen im Leben, Louis und ich. Und hör mit deinen Versuchen auf, mich zu mästen. Ich hab's genau gesehen, wie du Kaffeerahm in die Milch gegossen hast, weil du denkst, ich merk's nicht.«

Aber mir geht erschütternd auf, dass meine neunzehnjährige, anmutige Enkelin gewillt ist, sich von einer Steuerklasse in die nächste zu treiben.

»Louis sagt, Marseille sei eine Märchenstadt, von der man alles haben könne, was man wolle, wenn man nur stark und mutig genug sei, es zu verlangen.«

»Gott behüte!«

Meine Großmutter ist jeden Tag einmal durch Schüpfen spaziert und hat Zeit gehabt, mit all ihren Bekannten zu schwatzen. Und da gab's noch keine Waschmaschine und keine Mulinex, das müssen Sie sich vorstellen! Sie hatte vier Kinder zu versorgen. Tannenböden, die gefegt werden mussten, Petrollampen, Holzkochkessel. Mit Seife schrubbte sie die Kleidungsstücke, bis ihr das Blut unter den Nägeln stand. Im Winter musste sie um fünf Uhr aufstehen, um ein Bündel Holz in den Kachelofen zu schieben, damit die Schulstube, wenn Großvater und seine Schüler anrückten, geheizt war. Aber sie hatte Zeit, jeden Tag durchs Dorf zu gehen. Hat meine Enkelin die Zeit dazu? Nein, hat sie nicht. Wieso nimmt sie sich die Zeit nicht? Ich glaube, im Hintergrund steht einer und hetzt sie. Einer, der wie der Dompteur im Zirkus dauernd mit der Peitsche knallt und die Menschen in Trab hält. Ich nenne diesen Dompteur Wettbewerb. Sie verfügen doch über eine gewisse Vorstellungskraft? Der Wettbewerb fährt uns auf einen sehr hohen Berg, von dem man eine weite Aussicht hat. Er schiebt die Vorhänge weg, und da sehen wir alle Reiche der Welt und ihre Herrlichkeit. Der Wettbewerb sagt zu uns: Das alles will ich euch geben, wenn ihr emsig seid und brav konkurriert. Wieso soll Angela ihre Jugend opfern, um zu Wohlstand zu gelangen, und anschließend ihren Wohlstand aufbrauchen, um jung zu bleiben?

»Hast du von Ecuadors entspannter Einstellung in allen Dingen gehört? Keine Ahnung, wie man so etwas berechnet, aber laut offiziellen Quellen spart die legendäre Trägheit dem Land jedes Jahr siebenhundert Millionen Dollar Gesundheitskosten. Selbst der Präsident erscheint unpünktlich bei seiner Englischlehrerin.«

»Schlag dir das mit der Lehrerin aus dem Kopf, Opa«, erwidert Angela. »Party-Caterer ist ein toller Beruf, und sag bloß nicht schon wieder: Gott behüte!«

Bin ich Ihnen zu wettbewerbsfeindlich, Kâzim? – Sie können es mir ruhig sagen. – Nur heraus mit der Sprache! – Ich bitte Sie! Mir gegenüber brauchen Sie nicht den zurückhaltenden Zivildienstleistenden zu spielen! Finden Sie mich vielleicht altersblöd? – Sie sind ein eigentümlicher Mensch, Kâzim. Sie lassen niemanden tiefer sehen. Auf keinen Fall sind Sie so einfach, wie Sie tun.

Wie Uhrmacher Wenk mit seinen tauben Händen bin ich in einem Zeitalter aufgewachsen, wo dem Menschen eingetrichtert wurde, etwas fertigbringen zu müssen. Bitter und schlimm sei es, die eigene Karriere zu versäumen, und ähnliche Mahnungen. Ich erinnere mich, wie uns Pfarrer Howald im Konfirmationsunterricht die Geschichte vom Mann erzählte, der seinen Knechten sein Vermögen übergab und dann den einen Knecht verdammte, der sein Talent in der Erde vergraben hatte, wo es nicht andere Talente wecken konnte. Ein Mensch muss sich jede Minute zunutze machen und darf sich nicht ziellos in Gottes Welt herumtreiben. Wir möchten so gerne frei sein, aber kaum haben wir uns einer Aufgabe entledigt, schneidern wir uns das nächste Korsett.

Beschreibe ich Frau Lüscher-Stucki meinen ganz persönlichen Stadtspaziergang, und sie wischt sich mit einem fliederfarbenen Tuch Schweißtröpfchen von der Stirn und sagt aufgeregt: »So etwas Beschwerliches schaffe ich nie!«, dann nehme ich sie mir vor.

Ich sage: »Wenn Sie sich mit Spazieren befassen, dann kümmern Sie sich einfach nicht um Leistung. Sie dürfen sich nicht mit anderen vergleichen. Beim Spazieren gibt es keinen Sieg über andere und keine Niederlage. Sie stehen mit niemandem im Wettbewerb, Frau Lüscher-Stucki. Konkurrenz ist ein Folterbett. Wettbewerb ist ein unbarmherziges Sieb.«

Spaziergänger versuchen nicht, schwerere Spaziergänge zu machen als jemand anderes. Das wäre kein Maßstab für ihre Kunst. Sie haben nicht vor, zweihundert Höhenmeter zu gehen oder fünfzehnhundert Meter in sechs Minuten zu schaffen. Das sind Ziele, die sich Sportler setzen. Sport treibt, wer andere oder sich selbst schlagen will.

Ich habe meinen Bruder früh verloren. Nur als Beispiel. Unsere Kameraden, mein Bruder und ich beschlossen, in einem Wettlauf festzustellen, wer am schnellsten in der Marktgasse sei, wo wir alle wohnten. Matthäus im durchgeschwitzten, rotkarierten Hemd war erschöpfter Sieger. Daheim drehte er die Wasserleitung auf, ließ das Wasser gut ablaufen, damit es ja recht kalt und frisch war, und trank einen Krug auf einen Zug aus. In der nächsten Woche hatte er eine schwere Lungenentzündung und innerhalb eines Monats war er tot.

Dreizehn Jahre alt ist mein Bruder geworden. Ein Schicksalsschlag, mit dem man nicht fertig wird, außer man akzeptiert ihn. Noch heute glaube ich manchmal Matthäus' Stimme zu hören, bilde mir ein, ihn zu sehen, im Aufenthaltsraum oder im Speisesaal, hinter einem Vorhang, wo er sich so gern versteckt hat.

Vater sagte tagelang kein Wort, sondern drückte unablässig Mutters Arm, als litte er unter physischen Schmerzen.

»Wenn du nicht möchtest, brauchst du nicht zur Beerdigung zu gehen, Lukas«, sagte Mutter.

»Aber ich gehe gerne – mit euch«, und Vater umklammert meine Hand, als zerreiße es ihn.

Am Abend, bevor die großen Ferien begannen, sagte ich Vater, dass ich zu Großvater fahren wolle, dem Dorfschullehrer in Schüpfen.

Vater stand auf der Schwelle der Haustüre und rauchte eine Zigarette.

»Komm her, Lukas«, sagte er, die Stimme tonlos wie der Wind.

Als ich neben ihm stand, sprach er kein Wort. Ich senkte den Kopf, und er rauchte weiter. Schließlich sagte er: »Geh schlafen, Lukas.«

Ich drückte mich an ihm vorbei, und sein Ellbogen streifte meinen Arm. Er trat hinter mir ein und sagte im Vorübergehen: »Morgen wollen wir früh essen. Wir gehen miteinander zum Friedhof.«

Bei der Zimmertür angelangt, drehte er sich um und schaute mich an. Seine Zigarette glimmte im Dunkeln. Er räusperte sich und sagte wieder: »Geh schlafen, Lukas.«

Einen Augenblick stand er schweigend da, dann sah ich, wie sich die Glut der Zigarette von mir abwandte.

Ich sagte: »Papa, ich möchte zu Großvater fahren.«

Da kam er auf mich zu und legte die Hand auf meine Haare. »Morgen reden wir darüber.«

Lange konnte ich keinen Schlaf finden. Vor meinen Augen erschien mein Vater, er saß inmitten einer weißen, leeren Fläche auf einer Apfelkiste.

Ich möchte nicht alles vergessen. Die Suppe mit der Gabel essen. Mir die Ohren abschneiden. Vorletztes Jahr begann Herr Ruchti, ein freundlicher, weiser Mann, unentwegt im Haus unterwegs zu sein, um leise vor sich hin lachend nach Dingen zu suchen. Dabei hatte man den Eindruck, dass er das, was er suchte, in der Tasche hatte. Eines Morgens konnte er seinen Elektrorasierer nicht finden. Lächelnd fragte er Frau Lüscher-Stucki, ob sie ihn habe, aber sie hatte ihn nicht. Ob sie wüsste, wo er hin sei, und sie wusste es nicht. Ob er sich vielleicht ihr Rasierzeug borgen könne? Frau Lüscher-Stucki musste ihn daran erinnern, dass sie kein Rasierzeug benütze. Herr Ruchti wurde ins Pflegeheim Panorama im Holenacker überwiesen. Er fehlt mir schrecklich.

Ein Viertel aller über Achtzigjährigen verliert den Verstand. Ich versuche meinen Geist wach zu halten. Da laufen Gedanken jahrzehntelang wie Weberschiffchen hin und her, und dann fädeln sie plötzlich aus. Als Erstes verschwinden die Namen, dann die Substantive. Ich benötige eine Schere und sage zu Irina im Geschenkbastelkreis: »Geben Sie mir doch mal das … öh … den … verflixt, das Ding zum Schneiden.«

Man wird langsam, still, dann verwandelt man sich in einen Salatkopf. Ich überlege in letzter Zeit öfter, ob ich wohl in einem Jahr noch hier wohnen werde. Ich bin voller Sorge, wie lange ich noch reden, hören, noch wahrnehmen kann, wie lange ich zum Beispiel noch fühle, dass mein Sohn bei mir ist, dass ich nicht allein bin. Das Ende meines Weges wird mehr und mehr erkennbar. Ich habe begonnen, mich von Leuten zu verabschieden, aber man erklärt mir, dazu sei es noch zu früh. Angela träumt mir vor, was sie mir noch alles in Südfrankreich zeigen will. Wie? – Ich dachte, Sie hätten etwas gesagt.

Soll ich Ihnen etwas verraten? Ich habe lange und gründlich geforscht, und es gibt eine Fülle von Beispielen, in denen Wissenschaftler, Musiker und Dichter auf Spaziergängen überraschende Lösungen zu ihren Problemen fanden. Unerwartet fielen sie ihnen an Wiesenrändern, in weitläufigen Gärten, auf Waldwegen zu.

Nehmen Sie die Entdeckung der Molekularstruktur des Benzols. Jahrelang versucht der Chemiker August Kekulé erfolglos, die Struktur des Benzols zu bestimmen. Ein geschlossener Kohlenstoffring, Sie erinnern sich? An einem windigen Abend des Jahres 1865, des prasselnden Kaminfeuers überdrüssig, verlässt Kekulé das Haus. Die Blätter einer Birke gaukeln vor seinen Augen. Gebilde von mannigfaltiger Gestaltung. Blätter und Äste in Bewegung, schlangenartig sich windend und drehend. Doch was ist das? Eine der Schlangen erfasst den eigenen Schwanz, und höhnisch wirbelt das

Gebilde vor Kekulés Augen. Blitzartig erkennt er und verbringt den Rest der Nacht … – Frau Dürig, wie geht's denn? Haben Sie die Milchsuppe probiert, die ich Ihnen empfohlen habe? – Na? Lecker? – Sehen Sie! Voll mit geheimnisvollen Vitaminen. – Nein. Morgen muss ich an eine Bestattung. Eine enge Freundin meiner seligen Emilie. – Ja. Das Land stirbt aus. Wenn man mich fragt, was ich mache, antworte ich: Ich gehe zu Begräbnissen. – Ich habe feste Grundsätze für Begräbnisse entwickelt, an die ich mich strikt halte. – Aber ja. Ich platziere mich an einen Tisch, suche mir eine vertrauenswürdige Serviertochter, die sich um mich kümmert, und empfange die Leute. Seit ich die Achtzig überschritten habe, erscheint es mir zu anstrengend und viel zu ermüdend, mich durch das Gewühl der Trauernden zu schieben. – Der Wollmantel ist in der Wäscherei? – Den werden wir nicht brauchen, keine Sorge. Höchstens eine Trockenhaube oder einen Regenschirm. – Das ist Kâzim, unser neuer Zivildienstleistender. Sanft und scheu. Sie müssen ihn immer wieder bitten, etwas lauter zu sprechen. Er räuspert sich und sagt: »Entschuldigung«, und fährt dann mit dem gleichen Gemurmel fort. – Wie haben Sie das erraten, Frau Dürig? – Einer muss die Leute ja ermuntern. In der gesamten zivilisierten Welt besteht ein Bedarf an Spaziergängern. Europa braucht Spaziergänger. Die Vereinigten Staaten von Nordamerika brauchen Spaziergänger. Russland braucht Spaziergänger. Nordkorea könnte auch ein paar gebrauchen. – Aber ja. Es ist meine Aufgabe, die Menschen auf die Straße zu bringen und ihnen einen kleinen Schubs zu geben. – Ich klopfe Sie übermorgen heraus, gern. – Bis dann, Frau Dürig, Ihnen auch!

Oder nehmen Sie den Komponisten Giuseppe Tartini. Nicht bekannt? Verdankt seine Teufelstrillersonate einem Spaziergang. Im Studierzimmer liest Tartini die Faustlegende. Dann vertritt er sich im Park die Beine. Der Teufel tritt hinter einer Pinie hervor, hält eine Geige in der Hand und spielt unheimliche, seltsame Töne voller sonderbarer Triller und schneller Läufe. In seinen Memoiren erzählt Tartini, wie groß sein Erstaunen war, als er den Teufel mit vollendetem Können spielen hörte. Tartini eilt nach Hause. Er schiebt die Geige unters Kinn und spielt die Klänge nach und gibt sie als sein Werk aus. Wenn man Frau Dürig ansieht, könnte man meinen, jeder Hauch müsste sie umwerfen. Ein verwundetes Vögelchen, das auf die Erde gefallen ist. Ihr verstobener Mann war das genaue Gegenteil ihrer Erscheinung. Die sagenhaft breiten Schultern Herrn Dürigs werden Sie leider nicht mehr bestaunen können. Er starb an seinem zweiundsechzigsten Hochzeitstag.

Die zierliche Frau Dürig und der breite, vollbärtige Herr Dürig. Beide stammten aus großen Familien und haben schwere Zeiten durchlebt. Nach dem Krieg wollte es Herrn Dürig nicht gelingen, eine gutbezahlte Stelle zu finden, die er brauchte, um seine Mutter und zwei invalide Geschwister zu versorgen. In seiner Verzweiflung schrieb er dem Festungskommandanten, unter dem er in einem geheimen Stollen im Lötschberg gedient hatte, und der inzwischen in Bern ein undankbares Gemeindeamt ausfüllte. Der Kommandant versprach ihm, ihn bei den Städtischen Verkehrsbetrieben unterzubringen, aber dazu müsse er sich vorstellen. Es war Herrn Dürig unmöglich, das Fahrgeld für die Eisenbahn aufzubringen, und so radelte er auf einem klapprigen Eingänger von Frutigen im Kandertal in die Hauptstadt. Dort klopfte er sich den Staub aus den Kleidern und betrat das Direktionsgebäude am Eigerplatz. Sie hätten ihn so erstaunt angesehen wie ich, sobald Ihnen klargeworden wäre, dass er am gleichen Tag wieder zurückgeradelt war, aber Herr Dürig hätte nur Frau Dürig angeblinzelt und gesagt: »Das war überhaupt nicht anstrengend, denn ich hatte das Versprechen einer Stelle und auf einem Zettel den Namen eines betörenden Bürofräuleins, das ich im Vorraum umgerannt hatte.«

Vor Kurzem lernte ich im Heim einen von Frau Dürigs vielen Schwiegersöhnen kennen. Ein wohlgelaunter, gutgenährter Mann, Mappe unter dem Arm. »Herr Zbinden, das ist nett, dass Sie meine kränkelnde Schwiegermutter hier im Heim dazu bewegen, an die frische Luft zu gehen. Hier haben Sie einen Hundertfrankenschein für Ihre Bemühungen. Keine Hemmungen, ich zweig's von den Spesen ab.«

Ich frage: »Und Sie selber? Spazieren Sie?«

»Nein, nein, ich habe so viel zu tun.«

Verstehen Sie: Ein guter Kerl, aber so fern von Lösungen chemischer oder musikalischer Probleme wie die Erde von Uranus.

Ich kannte viele Leute, die sagten mit Recht: »Ich bin tüchtig. Ich bin erschöpft.« Mit Inbrunst griffen sie nach Ehrenämtern und Unternehmungen, erwiesen ihre Leidensfähigkeit, ohne den Blick nach links oder rechts zu wenden, hetzten mit Import- und Exportziffern zu Sitzungen und Tagungen in die entlegensten Siedlungen, keuchend wie Wesen, die gebären. Und dann ging's ans Sterben, und sie entdeckten: Sie hatten die Fahrt über das Meer im Schiffsbauch zugebracht. Keinen sternüberdachten Ozean gesehen, keine Küsten, von Molen und stinkenden Häfen umkränzt, keine unwirtlichen Eilande, rauchenden Vulkane. Keine Möwen schreien gehört. Kein verkrustetes Salz von den Planken gekratzt. Nie einem Ertrinkenden einen Rettungsring zugeworfen. Sie wussten nicht, worüber sie zürnten, und wussten nicht, wie sie sich hätten beruhigen können. Schauerlich. Bei Lebzeiten begraben. Aber man muss nicht so leben. Spazieren führt an Deck des Schiffes.

Wissen Sie, was mein Sohn einmal gesagt hat? »Papa, wenn du eine Welle gesehen hast, dann kennst du sie alle!«

Es gab in der Zbinden-Familie keine Vorgeschichte von Spaziergangsverweigerung, bis mein Sohn daherkam. Von wem haben Sie diese Vorliebe, Kâzim? Die freie Hand in die Tasche zu stecken?

Ich kann mir kaum einen Wesenszug vorstellen, den Markus von mir geerbt hätte. Sind wir vollkommen verschiedene Männer? Ich hätte ihn nie so hätscheln können, wie er dann sein Kind hätscheln sollte. Markus nahm das greinende Bündel und wippte, Beruhigungsphrasen summend, hin und her. Ich hatte dreißig Jahre zuvor nicht mal den Kinderwagen über den Kirchplatz schieben wollen. Wiegenlieder rasselte ich herunter wie Reiterattacken. Kleinkinder, die den Tag bei mir zubringen mussten, wurden krank vor Heimweh. Markus dagegen wechselte seiner Tochter die Windeln, machte ihr Brei, brachte sie zum Arzt, setzte sich neben sie und las ihr vor. Wie konnte er arbeiten und dabei immer wieder nachts aufstehen, um seine zahnende Tochter zu trösten? Er spielte Verstecken und Fangen mit ihr auf dem Spielplatz, selbst unter der Woche. Wenn sie einen Wutanfall hatte, sich brüllend auf den Rücken warf und mit den Beinen strampelte, hatte er es verstanden, nicht nur die Tochter, auch seine Frau zu beruhigen. Er ließ es geschehen, wenn Angela den handgearbeiteten Teddybär drei Stock hoch aus dem Fenster hielt und schwenkte, um ihm das Fliegen beizubringen. Markus riss ihr den Teddy nicht aus der Hand, hielt ihr keine Standpauke, er sagte ruhig: »Aber erst loslassen, wenn ich's sage. Ich glaub, er kann's noch nicht ganz.«

Ich musste meinen Sohn immer dazu anhalten, die gelieferten Harasse Valserwasser in den Keller zu tragen. Zu seiner Tochter sagte er eines Tages: »Angela, ich wette, dass ein so kräftiges Mädchen wie du die Harasse mit dem kleinen Finger runtertragen kann« – und von da an erübrigte es sich, sie darum zu bitten.

Ich habe Markus noch geohrfeigt. Doch, doch. Ich musste ihm erklären, dass es üble Folgen für ihn haben könne, wenn er ein Drahtstück in die Steckdose steckte. Ich meinte in seinem Gesichtsausdruck die Absicht herauszulesen, es bei der nächsten Gelegenheit wieder zu versuchen, also langte ich ihm eine und wiederholte, dass ein Draht in der Steckdose sehr, sehr weh tun könne.

Als Junge liebte es Markus, den Flughafen zu besuchen. Wir sahen von der Aussichtsterrasse andächtig den Abflügen und Landungen zu. Studierten Schulter an Schulter die Informationstafeln. Betrachteten geräuschvoll die Auslagen der Kioske und Geschäfte. Was würden wir als Fremde von hier mitnehmen? Wir beobachteten die Reisenden, das Personal, die Hilfskräfte. Wie unterscheiden sich Urlauber und Geschäftsreisende? Reden die Teilnehmer der Gruppenreise bereits miteinander, oder stehen sie mit einigem Abstand beieinander? Erwartet die Familie ihren Ernährer aus Pflichtgefühl, oder weil sie sich auf ihn freut? Wir stellten uns vor, wir kämen gerade aus Tokio oder Sansibar oder flögen nach Brasilien, und fühlten etwas von der Erregung, die wir rings um uns spürten. Während ich Markus hochhob, damit er ein landendes Flugzeug sehen konnte, bemühten Emilie und ich uns, die Logik jener Eltern zu begreifen, die nie gemeinsam ein Flugzeug besteigen. Würdest du lieber im Flugzeug sitzen, das es nicht schafft? Oder lieber allein übrig bleiben und deinen Sohn mit einer mageren Rente aufziehen?

Später stritten wir oft, und mehr als einmal tadelte mich Emilie: »Weißt du, Lukas, du gehörst zu den Menschen, die sich andauernd einmischen. Wenn Markus Freunde mit nach Hause bringt, um ihnen Schallplatten vorzuspielen, reißt du einfach die Unterhaltung an dich. Er kann kein Wort sagen. Das muss ihn furchtbar reizen.«

War ich ein schlechter Vater? Ich nahm ihn vor Emilie in Schutz, wenn er abends später als erlaubt nach Hause kam, doch wenn ich etwas von ihm wissen wollte, wurde ich enttäuscht. Auf meine Frage: »Wie war's?«, antwortete er: »Schön«, und das war's. Fragte ihn Emilie, wen er getroffen und wer was gesagt hatte, gab er bereitwillig Auskunft.

Mit sechzehn besuchte er jeden Donnerstagabend die Tanzschule in Interlaken. Frau Spycher schlug auf ihrem Klavier einen bestimmten Akkord an, die Mädchen standen auf, stellten sich vor die Stühle und warteten darauf, von den Jungen zum Tanz aufgefordert zu werden. Gewöhnlich wählte Markus Rhea Gugger aus Ringgenberg. Emilie und ich, wir konnten nicht verstehen, weshalb er Rhea wählte, war sie nicht größer als er? Emilie fand den Grund heraus: »Er meint, sie rieche immer so gut nach 4711.«

Als ich ihn gefragt hatte, hatte er nur mit den Schultern gezuckt.

Es ist wie Zähneziehen, wenn ich etwas aus ihm herauskriegen will.

»Wie war dein Tag, Markus?«

»Mhm.«

»Gibt's was Neues?«

»Nichts.«

Und später berichtet mir Emilie, dass Rhea Gugger nach der letzten Tanzstunde Schluss gemacht hat. »Ist das ›nichts‹?«, stöhne ich ungläubig auf.

Könnten Sie die Traurigkeit Ihres Kindes ertragen, Kâzim? Sie hoffen, Sie könnten sie verscheuchen, wenn Sie im Augenblick das Richtige tun oder sagen. Ich konnte es nie ertragen, im selben Raum mit meinem Sohn zu sein, wenn sein Gesicht diesen unglücklichen Ausdruck annahm. Als Vater fühlt man sich verantwortlich. Und berufen.

»Du musst ausgehen«, riet ich, in der Tür zu seinem Zimmer stehend. »Die Freundinnen der Schwestern der Schulkameraden kennenlernen.«

»Jaja.« Markus liegt auf dem Bett und schaut gequält zur Decke.

»Wenn du eine Frau zum Lachen bringen kannst, sagt man, bist du schon halb am Ziel.«

Markus schweigt.

»Emilie behauptet, das beste Mittel gegen ein gebrochenes Herz sei, die Axt zu nehmen und so lange Holz zu spalten, bis man vor Müdigkeit umfalle.«

»Mama hatte nie ein gebrochenes Herz.«

»Das sind immerhin Ideen. Dir dagegen fällt überhaupt nichts ein!«

»Weißt du was, Papa?«, er richtet sich auf. »Das Leben ist eine Scheißkrankheit, mit der ich mich irgendwo angesteckt habe.«

»Vielleicht bist du deine eigene Scheißkrankheit?«

Die Tür zu seinem Zimmer wird mir vor der Nase zugeschlagen. Dabei, glauben Sie mir, war ich drauf und dran, ihn in die Arme zu nehmen, bis alles wieder gut wäre. Aber Markus schließt sich ein.

Hier, schauen Sie, ein Brief von meiner Enkelin, mit Fragen nach meinem Wohlergehen, mit Neuigkeiten aus ihrer Freizeit. »Stell mir nicht immer wieder die gleiche Frage, Opa, du erfährst es als Erster, wenn ich nach Marseille abreise, verlass dich drauf.«

Dem Brief beigefügt war ein Post-it von Markus, mit dem er mich aufforderte, mir bei der Heimverwaltung ein Formular zu besorgen, das er für die Steuererklärung brauche.

Mein Sohn und ich – wir sind erwachsene Männer mit voneinander unabhängigen und eigenen Erfahrungen. Es müsste doch jetzt möglich sein, miteinander zu reden. Nur, wenn er sich mit mir auf den langen Weg hinunter zur Eingangshalle machen muss, ist sein Mund wie zugeschnürt. Ich frage, wieso er mir nichts erzählt, und er sagt: »Es ist nicht so, dass ich irgendetwas vor dir geheimhalte. Es ist einfach so, dass Verena und Angela und ich gut miteinander auskommen und es nichts zu erzählen gibt.«

»Und im Beruf?«

»Aus meinen wissenschaftlichen Artikeln wird seitenweise

abgeschrieben, ich darf also zufrieden sein«, dann verstummt er.

Was das andere betrifft: Wie können Spaziergänger an allem – Leid, Elend, Bettelei, Verschmutzung – tatenlos vorübergehen? Ein Pyromane dringt mit einer Schachtel Streichhölzer in eine Volksschule ein. Und Spaziergänger Zbinden? Was unternimmt er, dass solche Dinge nicht mehr geschehen? Verschließt er sich willentlich dem Ernst der internationalen Lage? Eben erst ist eine Nation von daheim aus- und in ein Land mit schlechterer Handelsbilanz einmarschiert. Hört Spaziergänger Zbinden die dabei entstehenden Dissonanzen? Oder lebt er in der Vorstellung, die Welt befinde sich sowieso in einer trostlosen Situation, sie ersaufe in Trostlosigkeit, und so viele Rettungsringe wie Ertrinkende gäbe es gar nicht? Die Art, wie das Getreide der Welt verteilt werde, sei schlechthin unabänderlich? Verschließt er sich dem Gedanken, dass die Geschichte sich zum Besseren hin- und der Mensch sich zu größerer Freiheit und Vollkommenheit hinaufentwickeln solle? Oder betrachtet er die Sache der Frau, der Hungernden, der Verfolgten als abgehakt? Bei der Ausbeutung des Menschen durch den Menschen – auf welcher Seite wähnt sich ein Spaziergänger? Fragen Sie sich das nicht? – Doch?

Nehmen wir das Jahr 1776: Österreich schafft die Folter ab. Amerika erklärt seine Unabhängigkeit. James Cook umsegelt zum dritten Mal die Welt. Der erste lebende Orang-Utan wird nach Holland gebracht. Und der weltabgewandte Spaziergänger sitzt in Eisenstadt und steht vor der Frage, sich die Fußnägel zu schneiden oder sich größere Stiefel anzuschaffen.

Meine Enkelin beschimpft Spaziergänger gern als ambitionslose Ästheten und Idylliker. Sie erkenne in einem Spaziergang sehr wohl wertvolle Elemente, aus denen Menschen eine kenntnisreiche Welterfahrung formen könnten, aber sie wirft Spaziergängern vor, die Sache nicht produktiv genug anzupacken. Die Früchte der Anstrengung? Der sichtbare Nutzen? Kritiker des Spazierens betrachten das Spazieren alles in allem als eine Form der Zerstreuung. Und alle Zerstreuung ist bekanntlich, wie Pascal gesagt hat, nichts als eine Erfindung des Menschen, um das bodenlose Leid unter dem Grauen seines unergründlichen Elends nicht wahrzuhaben. Doch Heraklit, sagt Ihnen das was? Schlief in einem Misthaufen, um seine Wassersucht zu heilen, und sprach davon, dass die Schlafenden auch Wirker und Mitwirker bei dem seien, was in der Welt geschehe. In diesem Sinn, erkläre ich meiner Enkelin, wirken auch Spaziergänger.

Wissen Sie, ich halte Spaziergänger für Vorkämpfer der Bewegungsfreiheit und sehe sie gern als Freunde der weltweiten Freizügigkeit, und dennoch – in einem Punkt teile ich die Meinung meiner Kritiker: Bei der Besetzung von Regierungsämtern ist zielstrebigen Automobilisten der Vorzug zu geben. Bekanntlich ist Politik, was ankommt. Da, hinter uns. Hören Sie? Die Heimleitung stürzt uns entgegen. Der Schlüsselbund rasselt und tanzt an seinem Gürtel. – Hat Herr Probst Sie gefunden, Herr Stauffer? – Einen Moment, Herr Stauffer! Stimmt das Gerücht, wonach Sie den Küchenchef vor die Tür setzen wollen, um unser Essen von einer Großküche liefern zu lassen? – Oha!

Nun sagen Sie mir, Kâzim! Ist das seine Auffassung von betreutem Wohnen? Er hätte doch wenigstens kurz halten und sich nach unserem Wohlergehen erkundigen können! Er hätte Sie mit Fragen zu Ihrer ersten Woche hier bedrängen oder mindestens guten Tag sagen können! Was suchen Sie denn da unten, Kâzim? – Ach. – Emilie band die Schuhe ruhig und ohne Hast – verglichen mit Ihnen. Sind Sie zufrieden mit Ihren Schnürsenkeln? – Ohne die richtigen Schnürsenkel kommt das Leder nicht zur Geltung. Finden Sie die Schnürsenkel nicht ein bisschen zu glänzend? – Ich finde sie ein bisschen glänzend. Wieso machen Sie keinen Doppelknoten?

Vielleicht sollte ich ihr eine Reise schenken. – Meiner Enkelin. Wohin würden Sie gerne reisen?

Stets unbekümmert, frohen Mutes. Emilie schlief ein, kaum dass sie den Kopf aufs Kissen legte. Sie stand früh auf, war immer tätig, stets in ausgezeichneter Form, aß leicht und fleischlos, zwei Tabletten jährlich, sie hätte hundert Jahre werden müssen. Es würde mich interessieren, welchen Standpunkt das Bundesamt für Gesundheit hinsichtlich Emilies Tod einnähme.

»Emilie, machst du dir nie Sorgen?«, konnte ich sie fragen.

»Ich halte nichts von Sorgen.«

»Ich kann nicht glauben, dass du dich nie sorgst. Ich mache mir Sorgen wegen Markus, ich quäle mich mit dem Gedanken, dass er in Schwierigkeiten kommt. Ich wäre kein guter Vater, wenn ich das nicht täte, richtig? Als er gestern diesen Benjamin gebissen hat – was ist nur mit ihm los?«

»Nichts, Dummkopf. Er ist bloß sehr aktiv, aktiv und aufgeweckt.«

»Ich sorge mich um meine Arbeit. Wenn ich die Arbeit nicht ernst nehme, verliere ich sie. Ich mache mir Sorgen um die Weltlage, den Regierungen ist ja alles wurst. Wir haben ein Picknick geplant, und ich sorge mich, dass es uns verregnen könnte. Ich sorge mich um dich, um dein Wohlbefinden, obschon das überhaupt nicht gewürdigt wird. Sich nicht zu sorgen ist Flucht, eine Art, sich zu drücken, alle Probleme zu verdrängen und sich einen Teufel um die anderen zu scheren.«

Emilie lachte hell auf. »Ich versuchte es einmal, mich zu sorgen. Da du dir über alles Sorgen machst, dachte ich, ich würde vielleicht etwas verpassen. Ich beschloss, einen bestimmten Tag zu meinem Sorgentag zu erklären, um herauszufinden, was es damit für eine Bewandtnis habe. Am Morgen verweigerte ich das Aufstehen, zog die Decke über den Kopf, du hast mich gefragt, ob ich wieder schwanger sei. Ich trat die Bettdecke weg, neun Uhr, das erklärte das viele Licht im Zimmer. Ich verweigerte jede Arbeit und las die Zeitung. Ein Artikel beschäftigte sich mit der Ehe zwischen Großkapital und Militär in den Vereinigten Staaten. Ich gab mir alle Mühe, mir bis zum Mittagessen Sorgen zu machen, aber ich brachte es nicht fertig. Ich gab vorzeitig auf.«

»Wie bringst du das fertig?«

»Durch Vertrauen.«

»Vertrauen? Vertrauen in was? Zu wem? Kann Vertrauen Sorgen zum Verschwinden bringen?«

»Vielleicht nicht«, sagte Emilie, »aber es hilft, über sie hinwegzukommen. Jedenfalls stören sie dann nicht mehr so sehr.«

Sie fragen sich, was Emilie mit Vertrauen meinte? Glauben Sie mir, das frage ich mich länger als Sie. Ich grüble darüber wie Herrn Zieglers Archäologen über einer unbekannten

Hieroglyphe. Manchmal denke ich, es habe meine Frau gegeben, um mir die Grenzen meines Fassungsvermögens vor Augen zu führen.

Herr Probst! Etwas erreicht in der Direktionsetage? Mit Hungerstreik gedroht? – Jedenfalls ist der Heimleiter an uns vorbeigerast wie ein aufgescheuchter Hase. – Nur nicht lockerlassen. Ich kannte mal einen ungehobelten, greisen Mann, der seiner Spitex eine Kette aus menschlichen Backenzähnen geschenkt hat. Aber das liegt schon viele, viele Monde zurück und ist eine ganz alte Schote. – Heute Abend? – Bitte? – Nein, Herr Pfammatter ist nicht hier, nein, ich glaube, er ist nach Budapest … – Wie? – Das will ich nicht hoffen, aber ich vermag natürlich nicht … – Nein, ich weiß nicht, ob uns Herr Hügli zur Verfügung steht. Wir werden sehen, Herr Probst. – Ja, legen Sie sich ein Weilchen nieder.

Herr Probst gibt niemals zu, wenn er einen Kater hat. Aber es gibt Tage, an denen er erklärt, dass er ziemlich müde sei, und heute ist ein solcher Tag.

Herrn Pfammatter werden Sie bestimmt bald begegnen, Kâzim. Im Moment ist er unterwegs. Einmal im Jahr überfällt ihn das Fernweh. Dann stürzt er sich in seinen besten Anzug und zieht sich ein Béret über den Kopf. Er stopft einen Pullover, den Regenschutz, die Zahnbürste und eine rissige Seife in einen abgenutzten grauen Armeerucksack, und, umgürtet von Riemen eines Fotoapparates, einer Kartentasche und eines Feldstechers, macht er sich auf den Weg zu einem fernen Ziel. Sein Aussehen ähnelt dem Volkskundler René Gardi, der ein Jahr, von Giraffen, Gnus und Speeren der Massai umgeben, in der Savanne verbringt.

Letzten Freitag auf dem Korridor sagte er mir freudestrahlend: »Gut, dass ich Sie noch treffe, Herr Zbinden, ich fahre heute für vier Tage nach Budapest. Würden Sie bitte die Heimleitung orientieren, sobald ich abgereist bin? Man könnte sich sonst ängstigen.«

Ohne Souvenirdiebstahl sind Pfammatters Reisen undenkbar. Freuen Sie sich auf einen Blick in sein Zimmer! Voller eigentümlicher Gegenstände – die wertvollsten und alle zerbrechlichen Dinge hat er aufs oberste Regal gelegt, damit Hüglis Kater nicht daran kommt. Von einem Café in Saint-Germain-des-Prés brachte Herr Pfammatter den Gitanes-Aschenbecher mit, auf der Fahrt im Wiener-Walzer das Zugschild Zürich–Wien. Im Nationalpark ließ er ein 225 Millionen Jahre altes Steinfossil in seinem Rucksack verschwinden. Ein vollgetakeltes Schiff in einer Flasche, eine silberne Schnupftabaksdose, mit feinen Ranken und Schnörkeln verziert, ein Sandsteinquader, woher auch immer. Eigentum sei nicht, was einem gehöre, Eigentum sei, was man beschützen könne.

Diese Diebstähle relativieren sich schnell, wenn man bedenkt, was Herr Pfammatter auf Reisen so alles zurücklässt: Haarbürsten, Kulturführer und Rückfahrkarten. Auf seiner vorletzten Reise verschlug es ihn nach Rom. Dort, erzählte er, als er zurück war, habe ihn eine unbändige Lust nach einer Schale Milchkaffee erfasst. Milchkaffee, in den man das Brot hineintunken könne. Pfammatter setzte sich in eine Bar, bestellte Milchkaffee und verlangte nochmals Milchkaffee, als der Kellner ihm nur einen Kaffee in einem fingerhutgroßen Tässchen gebracht hatte. Pfammatter zückte einen Bleistift, nahm die Serviette und zeichnete ein Kaffeechacheli mit zwei

Ohren, wie man sie zu Gotthelfs Zeiten benützte. Oben zeichnete er etwas Dampf und schrieb das Wort *caffè* hinein. Der Kellner trug den Espresso zurück zur Anrichte, entnahm einem Schrank eine Suppenschüssel und zog zwölfmal den Portionenhebel. Was aber soll Herr Pfammatter mit zwölf Espressi in einer Suppenschüssel? Also zeichnet er eine Kuh auf die Serviette und macht mit beiden Händen, vier Finger die Daumen umfassend, über dem Kaffee Melkbewegungen. Der Kellner eilt zurück und bringt zwei Kännchen Milch, die Pfammatter nun zufrieden in den Kaffee gießt.

»Rom ist ein sündteures Pflaster«, klagte er und versuchte, im Aufenthaltsraum seinen Fotoapparat zu reparieren. »Achtundzwanzig Euro hat mich die Schale gekostet.«

Herr Pfammatter konnte den Deckel der Kamera nicht öffnen, den Deckel, der auf dem Batterieteil für den Belichtungsmesser sitzt. Wir versuchten, den Deckel mit einer Münze abzuschrauben, aber er saß hoffnungslos fest. Der Verschluss war schief aufgeschraubt worden, sodass die Rillen nicht ineinanderfassten. Herr Furrer, Ingenieur a. D., leistete unseren Bemühungen Gesellschaft und erklärte detailliert, wie Herr Pfammatter auch ohne Belichtungsmesser Fotos schießen könne. Er müsse nur die Verschlusseinstellungen der Linse je nach Lichtbedingungen ändern, und zwar entsprechend der Skala auf den Beipackzetteln der Filme. Obwohl ich wusste, dass kein vernünftiger Mensch das System je anwenden würde, hörte Herr Pfammatter geduldig zu. Später, als meine Familie auf einen sonntäglichen Besuch vorbeikam, ließ ich Herrn Pfammatter den Fotoapparat meinem Sohn geben. Markus verschwand mit dem Apparat auf mein Zimmer und kehrte anderthalb Stunden später mit einer reparierten

Kamera zurück. Dem erfreuten und dankbaren Herrn Pfammatter gegenüber machte ich die Bemerkung: »Ich wusste, Markus würde die Herausforderung genießen.«

»Vor allem«, wandte meine Schwiegertochter ein, »wenn er damit jemandem helfen kann.«

Es war einer dieser Momente, in denen ich feststelle, dass ich meinen Sohn überhaupt nicht kenne, aber vielleicht sollten wir uns ein andermal über Markus unterhalten.

Aus Rom? Im Petersdom schraubte er eine Kerzenhalterung aus der Wand. – Aber sicher. Herr Pfammatter muss sich sehr zusammenreißen, um nichts im Heim zu stehlen, das Haus ist vollgestopft mit allerlei Trödel. Nippes, Perserteppiche oder die Amphore mit goldsprühendem Zwergginster im Aufenthaltsraum.

Wozu leben wir, Kâzim? – Um eine Aufgabe zu erfüllen? Aber das ist ja gerade die Schwierigkeit! Was ist denn die Aufgabe? Ganz im Vertrauen, als Lehrer korrigierte ich jeden Abend Hefteinträge, aber wenn alles verbrannt wäre, dann wäre kein Auge nass geworden. Die Schüler verbesserten einen Fehler mit einem anderen, und am Ende ihrer Schulzeit warfen sie ihre zu Papierkugeln zusammengeknüllten Arbeitsblätter johlend in einen Zementmischer, zum Beweis meines Scheiterns. Den Himmeln sei Dank habe ich meine Pensionierung erleben dürfen. Jetzt konnte ich mich ungeniert auf der Seidenfadenstrasse bewegen und musste nicht befürchten, von den Balkonen der Mehrfamilienhäuser mit Schneebällen bombardiert zu werden. Worauf ich hinauswill: Für die meisten Leute sind Lehrer und ist Wissen vollkommen nutzlos, es sei denn zur Unterhaltung. Wenn Wissen weder lustig noch gruselig ist, und wenn man nicht damit reich werden kann, dann über Bord damit. Ich bin sicher, dass Sie ein guter Schüler waren, Kâzim. Kaum kamen Sie von der Schule nach Hause, haben Sie sich hingesetzt und Hausaufgaben gemacht, bevor Sie sich etwas im Fernsehen angesehen haben, habe ich recht?

Aber was heißt Aufgabe? Früher sah man oft Todesanzeigen in den Zeitungen, worüber ein schrecklicher Spruch stand: »Nur Arbeit war dein Leben, nie dachtest du an dich. Nur für die Deinen streben war deine höchste Pflicht.« Jedes Mal, wenn ich das las, dachte ich, das ist eine Todesanzeige für ein Brauereipferd.

Ich glaube nicht, dass der Mensch dazu auf der Welt ist, eine Aufgabe zu erfüllen. Zivildienst, gut, und wenn Sie alte Menschen auf Treppen stützen, ist das kein schlechter Dienst. Aber wenn der alte Mensch nicht weiß, wozu er lebt, dann wissen Sie doch gar nicht, ob es einen Sinn hat, ihn zu stützen. Dann setzen Sie ihn vielleicht besser mit nacktem Oberkörper ans offene Fenster, und er ist noch vor dem Abendessen tot. – Nein? – Man kann endlos darüber diskutieren.

Wozu leben wir? Sehen Sie, ich hatte jederzeit Zutritt zum Haus meiner Großeltern. Da sitze ich in Großvaters Arbeitszimmer und lese mit grimmiger Entschlossenheit.

»Opa, was heißt das?«, frage ich. »Das hier. Ist das Englisch?«

Ich trage das Buch zu Großvater, der mit traurigen Augen an seinem Schreibtisch sitzt. Er nimmt mir das Buch aus der Hand und räuspert sich. »*To look and pass*, heißt das. Sehen und vergehen.« Er gibt mir das Buch zurück und über seine stahlgeränderte Brille hinweg wirft er mir einen wachsamen

Blick zu. »Nun, Lukas, hast du eine Ahnung, was damit gemeint sein könnte?«

»Ja, Opa, ich glaube schon. Sehen und vergehen. Vielleicht stellt man sich etwas anderes darunter vor, aber für mich bedeutet es: Man wird geboren, lebt und stirbt. Man sieht sich die Sache an und vergeht. Egal, ob man arbeitet oder nicht, etwas aus sich macht oder eine Null bleibt, ob man verrückt durch die Gegend läuft oder bloß stillhält.« Ich sehe aufs Buch. »Matthäus hat sich alles angesehen und ist gestorben«, sage ich leise.

Ich erinnere mich deutlich der merkwürdigen Stille, die auf diese Worte folgte.

»Nun, Lukas«, Großvater legt die Brille auf den Tisch und reibt sich die Augen, »wenn alle so denken würden, wo kämen wir da hin? Wo wären wir ohne Ehrgeiz, ohne Unternehmungsgeist, ohne Streben nach Gerechtigkeit?«

Er lächelt kraftlos und legt mir die Hand auf die Schulter. Er versucht weiterzusprechen, tut es aber nicht.

»Manchmal denke ich, dass ich an seinem Tod schuld bin«, sage ich. »Wäre ich nicht so darauf aus gewesen, ihn zu besiegen, wäre er vielleicht nicht die Gasse hinuntergerast wie ein Wilder.«

»So darfst du nicht denken«, sagt Großvater.

»Matthäus fehlt mir eben.«

»Er fehlt mir auch.« Dann nimmt Großvater seine Melone und den Stock und verlässt das Zimmer, um seinen täglichen Rundgang zu machen.

Wissen Sie, was ich glaube? Wir sind nicht von Natur aus Spaziergänger, aber wir sind auf der Welt, um Spaziergänger zu werden. Um Bäume mit winterbeständigem Laub zu berühren.

Um wildwachsenden Rosmarin und Thymian zwischen den Fingern zu zerreiben und daran zu riechen. Sand durch die Finger gleiten zu lassen. Das Fell von Hunden zu streicheln, die nicht zum Kläffen bestimmt sind, geschweige denn zum Beißen. Jeden Tag einen neuen Weg zum Aufenthaltsraum zu nehmen. Sich sonnenwarme Walderdbeeren auf der Zunge zergehen zu lassen, den Kiefernharz zu riechen. Und wenn der Mensch sich nicht dafür interessiert, dann hat er seinen Beruf als Mensch verfehlt. Dann hat es keinen Sinn, mit ihm über alle möglichen und unmöglichen Dinge zu reden.

Ich erzähle Ihnen das, weil es ein großer Trost ist. Obschon man nie genau weiß, wozu Worte gut sind. Es ist schon vorgekommen, dass ich übers Spazieren gesprochen habe, und die Zuhörer sagen mir: Ihre Worte sind öde. Öde ich Sie an, Kâzim? Wenn's öde ist, liegt's an mir. Spaziergänger können einem das Spazieren ziemlich madig machen.

Ich denke an einen bestimmten Tag, an dem Emilie und ich in Thun durch den Bonstettenpark gingen, in dem riesige kanadische Tannen wuchsen. Barfuß über den Kiesweg, vorsichtig, um nur ja nicht auf eine Bierflaschenglasscherbe zu treten. Aus irgendeinem Grund redete ich die ganze Zeit. In blumenreicher Sprache schilderte ich alles, was ich wusste. Ich wollte Emilie beeindrucken. Und nun halten Sie den Atem an. Emilie zieht sich den Seidenschal enger um die Schultern. Und plötzlich, wie aus dem Nichts, wendet sich diese sanfte Frau zu mir und schlägt mir auf den Mund!

Die Lippe blutete und Tränen stiegen mir in die Augen. Ich sah Emilie empört an, legte die Hand auf meine Lippe und sagte: »Das ist doch die Höhe! Wieso hast du das getan?«

Man bekam bei ihr nicht oft Gelegenheit, Empörung zu bekunden, ich gab mein Bestes. Und mit großer Heftigkeit, wie ich es bei ihr noch nie erlebt hatte, rief sie: »Sei einfach mal still!«

Emilie und ich hatten einen Krieg überstanden, ein Kind in die Welt gesetzt, Suppe aus derselben Terrine gelöffelt, uns bei den Beerdigungen unserer Eltern gegenseitig getröstet und uns in kranken und gesunden Tagen beigestanden. Und jetzt war sie plötzlich eine ganz verwandelte Frau. Ruhiger setzte sie hinzu: »Halt einfach mal den Mund, Lukas.«

Nun, Emilie hatte sicher recht, alles in allem war sie ein gutes Stück klüger als ich. Aber ich hatte auch meinen Stolz. »Na schön«, eröffnete ich, »Stevenson schrieb zwar, die Ehe sei ein einziges, langes Gespräch, aber wenn du's wünschst, werde ich nie mehr etwas sagen.«

Den ganzen nächsten Tag schwieg ich. Was ich mitteilen musste, teilte ich schriftlich mit. Die Lehrerkollegen beängstigte mein Schweigen, glauben Sie mir, meine Klasse hielt mich für verloren. Würden Sie von sich sagen, dass Sie schweigen können, Kâzim? Ich sehe jedem Schüler kurz in die Augen, setze mich, verschränke die Arme und lege ein Bein über das andere. Auch die Schüler versuchen, sich so angenehm wie möglich zu setzen, rutschen eine Zeitlang noch herum, stützen die Arme auf die verschrammten Pulte oder legen sie auf die Oberschenkel. Einige sehen auf den Lehrer, andere blicken suchend von einem zum anderen, lächeln vorsichtig, es wird ruhig im Klassenzimmer. So sitzen wir und warten. Nichts geschieht. Ich sitze immer noch in der gleichen Haltung, und es gibt kein Anzeichen dafür, dass ich die Stille unterbrechen möchte. Martin ist der Erste, der die Spannung kaum noch erträgt. Er kann nicht mehr ruhig sitzen, beugt den Oberkörper vor, lehnt sich wieder zurück, er hustet, halbiert einen Radiergummi. Auch andere verlieren die Geduld, Stuhlrutscherei, Fredy und Kurt grinsen einander an, die Mädchen kichern, in der hinteren Reihe fällt ein Bleistiftspitzer zu Boden. Es sind bereits fünf Minuten vergangen, ohne dass jemand auch nur ein Wort gesagt hat. Martin stützt beide Ellbogen aufs Pult und wendet sich an mich mit der Frage: »Herr Zbinden, wie lange soll das so weitergehen?«

Seine Stimme klingt blechern durch das lange Schweigen. Er räuspert sich und wiederholt die Frage. Die anderen schrecken auf, blicken auf mich, doch ich antworte nicht. Ich wechsle die Beinhaltung, lasse den Blick in der Runde wandern.

Martin spricht nun die anderen Schüler an: »Wenn der Lehrer nicht will, dann fangen wir halt ohne ihn an.« Und als ihm keiner folgt, fügt er hinzu: »Warum sagt denn keiner was? Er hat uns ja das Reden nicht verboten, nur er selbst redet nicht. Soll er doch ruhig sein, was geht's uns an.«

Er deutet mit dem Kopf in meine Richtung, ohne jedoch hinzusehen. Jetzt löst sich die Starrheit der anderen. Sie beginnen zu sprechen, alle auf einmal; wenn schon der Lehrer nicht will, dann eben wir, wozu sind wir denn da, los, fangen wir an, doch so recht wissen sie nicht, womit sie beginnen sollen. Bei jedem Vorschlag sehen sie in meine Richtung und erhoffen sich eine zustimmende Geste.

Aufgeregt wendet sich Martin an mich und sagt: »So geht's nicht, Herr Zbinden.«

Erwartungsvoll sehen die anderen auf mich.

»Ich schlage vor, wir nehmen das Geografiebuch hervor und Konrad liest was vor«, sagt Silvia. Sie blickt auf mich und wartet.

»Ist jemand dagegen?«, fragt Martin.

»Warum Konrad«, fragt Mathilda.

»Dann liest halt du!«, sagt Martin.

Konrad sitzt trotzig auf seinem Stuhl und macht ein Gesicht, als hätte ihm jemand etwas weggenommen.

»Was soll ich denn vorlesen?«, fragt Mathilda und sieht mich an.

»Etwas, das alle interessiert«, sagt Martin.

»Ich find das stinklangweilig«, sagt Konrad.

»Jetzt halt mal die Fresse!«, schreit Martin und wirft eine Radiergummihälfte in seine Richtung. »Mathilda liest jetzt was vor!« Er sieht in die Klasse. »Keiner ist dagegen, da können wir ja anfangen.«

»Wieso ist keiner dagegen?«, sagt Konrad, ein Lineal fliegt durch die Luft, »einige haben ja noch überhaupt nichts gesagt!«

»Wir sitzen auf dem Mond ohne Klopapier«, meldet sich Fredy grinsend, während Martin und Konrad sich gegenseitig ausschimpfen – sie sprechen einander geistige Fähigkeiten ab, verunglimpfen die Legitimation ihrer Geburt und liefern weitere garstige Redensarten von Inzest bis Verkehr mit Stalltieren.

»Konrad! Martin! Genug jetzt!«, ruft der Lehrer, greift nach dem Zeigestock und schlägt einmal heftig auf das Pult.

Der Augenblick ist vielleicht nicht besonders günstig gewählt, um mein Schweigen zu brechen. Martin und Konrad zeigen sich nämlich nicht gewillt aufzuhören. Sie fallen übereinander her, Martin setzt sich Konrad auf die Brust … – Wie? Grausam? Sie finden, ich war grausam zu meinen Schülern? – Hören Sie, ich unterrichtete in einem Schulkreis, wo die Leute grausam waren, glauben Sie mir. Konrad spritzt die mageren Hühner mit dem Schlauch ab, sie gackern und flattern herum. »Warum machst du das?«, rufe ich ihm zu.

Konrad schreit: »Weil die Hühner Wasser hassen!«

Konrad lauerte Martin hinter der Garage der Feuerwehr auf, nahm ihn in die Zange und zertrümmerte ihm das Nasenbein, aber Emilie unterstützte mich in meinem Vorhaben, regelmäßig Schweigetage einzuführen. – Frau Jacobs, der Besuch ist schon gegangen? – Und das Jucken, es juckt Sie doch? – Eben. Sie müssen sich von Lydia etwas Melkfett geben lassen. – Was ich Sie vorhin noch fragen wollte, wie geht's Ihrem Bruder im Spital? – Was soll das heißen, man hat ihn entlassen? Für was halten die ihn, für einen Löwen? – Lassen Sie sich von Lydia … – Gut! – Wiedersehen!

Sie nimmt Sie wahr, Kâzim, Frau Jacobs schaut Sie an. Ein guter Anfang, gratuliere. – Ich weiß. Die ganze Belegschaft mag Frau Jacobs nicht besonders. Der Küchenchef bemüht sich, einen frischen Pfirsich für sie aufzutreiben, und hofft vergeblich, sie würde die fleckigen Stellen nicht bemerken. Früher war Frau Jacobs' Name allen geläufig, müssen Sie wissen. Die Leute sprachen von ihr am Mittagstisch, am Gartenzaun, »habt ihr Julia Jacobs in diesem Film gesehen?«

Fragen Sie Frau Jacobs, ob sie immer noch oft auf der Straße erkannt würde. Sie wird Ihnen aufrichtig sagen, dass sie ungern erkannt und noch weniger gern nicht erkannt werde. Sie gesteht freimütig ein, dass ihr Talent auf Jugend und Schönheit gegründet habe, die sie beide jetzt nicht mehr besäße. Ihr Name war im Elysée-Palast bekannt und im Eis Norwegens. – Aber nein, natürlich hält sie sich nicht für etwas Besseres. Sie hat Wünsche ans Personal, das Personal hat Wünsche an sie. – Warum so unduldsam? Sie fürchtet, irgendwann in ein Pflegeheim verlegt zu werden. Mit Medikamenten betäubt und unvernehmlich verwahrt.

Ein nettes, kleines Städtchen, aber ein furchtbarer Schulkreis, glauben Sie mir. Einmal wollte Emilie Konrads Mutter zu einem Frauentreffen über die Brücke nach Interlaken mitnehmen. Carlotta. Sie brauche eine Möglichkeit, mal rauszukommen, meinte Emilie. Carlottas Mann war nicht einverstanden, dass sie mitging, er liebte es einfach, Unruhe zu stiften. Aber Emilie sagte: »Lass dir das bloß nicht gefallen, Carlotta. Sag mal deinem Mann einen schönen Gruß, wo leben wir denn?«

Carlotta bearbeitete ihren Mann, und schließlich durfte sie tatsächlich mit. Sie trafen sich mit Annemarie und mit Frau Schmutz und ich weiß nicht mit wem noch im Savoy, sie redeten und lachten, es wurde richtig spät. Weit nach Mitternacht, als Emilie Carlotta nach Hause in den Hohmüedig begleitete.

Emilie ging noch auf einen letzten Kaffee mit ins Haus. Und da sitzt Carlottas Mann vor dem Fernseher, sieht seine Frau wuterfüllt an, springt auf und schlägt ihr so fest ins Gesicht, dass sie hinfällt. Dann geht er auf Emilie los, und sie rennt weg.

Doch, er wollte sie auch vertrimmen. Vielleicht glaubte er, mir damit einen Gefallen zu tun. Emilie raste und tobte, als sie nach Hause kam. Ich lag längst im Bett. Sie stürzte auf mich zu, zog mich hoch und umarmte mich. Sie beruhigte sich, und ich sagte: »Komm, wir setzen uns, und dann erzählst du mir, was passiert ist.«

Als sie fertig berichtet hatte, war es an mir, rasend und tobend aufzuspringen, Hemd und Hose anzuziehen und auf den Polizeiposten in die Marktgasse zu rennen. Man hörte zu, nickte, aber niemand wollte Carlottas Mann zur Abnahme der Fingerabdrücke abführen. Also stapfte ich mit langen Schritten zu Carlottas Haus hinüber, klopfte wild und ging, als die Tür geöffnet wurde, auf Carlottas Mann los. »Sie gehören ins Gefängnis!«, rief ich.

Er hob die Hände vors Gesicht. Konrad versuchte, mich an den Armen zu packen und von seinem Vater loszureißen. Carlotta schrie im Nachthemd, mit aufgeplatzter Lippe: »Thomas! Deine Zähne! Pass auf deine Zähne auf!«

Die Sache ging an mir nicht spurlos vorbei, und Emilie machte mir Umschläge auf die verletzten Körperstellen. »Konrad hat noch keinen Mann erlebt, der ohne Gewalt auskommt«, sagte sie.

Das Herz tut mir weh, wenn ich an Konrad denke. In welchen Verhältnissen er aufgewachsen ist. Was mag aus ihm geworden sein?

Eine ewig lange Treppe, weiß Gott. Ich zaudere die Stufen hinunter wie Methusalem. Ich brauche mehr Zeit für diese Treppe als ein fauler Christ braucht, um ins Paradies zu gelangen. Vielleicht sollte ich in Zukunft doch den Lift nehmen? Man geht für ein paar Sekunden hinein und inzwischen bauen sie draußen die Welt um.

Setzen wir uns kurz in die Sitznische dort, Kâzim. Dieses Sofa betrachtet Herr Imhof zwar als sein Privateigentum, es ist aber die bequemste Sitzgelegenheit im ganzen Heim, denken Sie sich nur! – Nein, hier darf man nicht rauchen, Sie werden doch wissen, dass man hier nicht raucht, Kâzim? Das Heim ist ein einziges Sauerstoffzelt. Lydia kauert zuweilen auf dem obersten Treppenabsatz, bei der Tür zum Estrich. Der einzige Ort im altehrwürdigen Haus, an dem sie sich einer Parisienne widmen kann, ohne den Feueralarm auszulösen.

Betrübt? Wie kommen Sie darauf, dass ich betrübt sei? – Ich versuche nur, eine Weile nicht zu sprechen. Bundesrat Rudolf Minger pflegte sich, bevor er eine staatsverwaltende Sitzung leitete oder eine Rede vor der Landwirtschaftlichen Genossenschaft hielt, behaglich in den Sessel zu setzen, seinen Mund zu schließen und eine Viertelstunde friedlich wie ein Säugling zu schlafen. Meine ganzen großen Pausen habe ich mich bemüht, dieses Kunststück zu vollbringen, mit schwankenden Ergebnissen. Sicher, mein Leben war nicht aufsehenerregend. Ich war gewissenhaft und leistete gute Arbeit, aber ich bin in keiner Weise hervorragend. Meine Schüler sahen nicht Gefahr, Glanz oder Aufregung in mir. Ich bin ein gewöhnlicher Mann und habe ein ganz gewöhnliches Leben geführt. Zweifellos habe ich dieselben Wege eingeschlagen, die schon viele andere vor mir gegangen sind. Andererseits liebte ich jemanden, mit Herz und Seele, und das war mir immer genug.

Doch die Dichter haben recht: Wer liebt, leidet. Auf unserem Gang den Geschäften der Hauptstraße entlang verschwand Emilie eines Morgens urplötzlich von meiner Seite. Ich hörte noch einen lauten Seufzer, dann war Emilie wie vom Erdboden verschluckt. Unmittelbar darauf redete mich ein netter, etwas fahrig wirkender Mann an, und fragen Sie mich nicht, weshalb, aber ich wusste sofort, dass dies Walter Hensler sein musste, Emilies Verehrer aus dem Vogelbeobachtungskurs am Beatenberg. Emilie hatte mir erzählt, dass er sie unbedingt ins Kino Rex zu einem Hitchcock einladen wolle.

»Wirst du mit ihm ins Kino gehen?«, hatte ich mich, möglichst gelassen, erkundigt.

»Ach Lukas.« Sie lachte.

Dabei bin ich kein eifersüchtiger Mensch. Jeder, der Lukas Zbinden näher kennt, wird Ihnen bestätigen, dass ich kein eifersüchtiger Mensch bin. Eine gelegentliche Vernarrtheit gehört doch dazu, kein Anlass für Tragödien.

»Verzeihung«, sagte Hensler nun. Er zog eine Zigarette aus einer angebrochenen, ziemlich zerknitterten Packung. »Haben Sie Feuer?«

»Nein.«

Er drückte die Zigarette umständlich in die Packung zurück. »War das nicht Emilie? Ich sah sie neben Ihnen, aber jetzt scheint sie verschwunden zu sein.«

»Ja, das war Emilie. Emilie Zbinden. Wollten Sie sie sprechen?«

»Gern.«

Ich wurde wütend. »Vielleicht ist es nicht der richtige Augenblick. Ihr Mann hat eine unheilbare Krankheit und ihr Sohn liegt nach einem Fahrradunfall halbseitig gelähmt im Krankenhaus.«

»Oh! Emilie hat eine Familie?«

Er sah so überrascht aus, dass ich noch wütender wurde.

Als er fort war und Emilie wieder an meiner Seite auftauchte, meinte ich: »Wo warst du denn auf einmal?«

Emilie lief feuerrot an. »In dem Geschäft da. Ich habe scheußliche Glitzerwolle gekauft, die ich nie werde brauchen können. Teuer war sie auch noch. Ist er weg?«

»Warum hast du ihm nicht erzählt, dass du verheiratet bist?« Ich versicherte mich, dass sie ihren Ring trug.

»Ich habe dir doch erklärt, dass er mir keine einzige Frage gestellt hat. Stattdessen hielt er endlose Vorträge über Wellensittiche. Während der heißen Mittagsstunden sitzen Wellensittiche in Bäumen und Büschen im Schatten des Blattwerks. Im Schutz der Gemeinschaft machen einige ein Nickerchen mit dem Kopf unter den Flügeln, andere kraulen sich gegenseitig im Gefieder an Stellen, die sie selbst nicht erreichen können.«

»Ihr beobachtet Wellensittiche am Beatenberg?«

»Nein, aber das hielt ihn nicht davon ab, sein Wissen mit mir zu teilen. Jedenfalls weiß ich jetzt alles über flugbehinderte Sittiche und unselbstständige Nestlinge.«

»Er hat dir sein Herz zu Füßen gelegt.«

»Auf unwiderstehliche Art und Weise.«

Passen Sie auf, er sagt kein Wort. Man versucht vergebens, ihn dazu zu bringen, dass er die Lippen bewegt und einen Laut von sich gibt. Zu grüßen pflegt er auch nicht, nehmen Sie's nicht persönlich. Herr Ziegler! Kommen Sie kurz herüber, ich möchte Ihnen jemand vorstellen! – Unseren neuen Zivildienstleistenden. Kâzim. – Seine erste Woche. – Genau, Sie sagen es. Schon an der Art, wie er einen am Arm die Treppe hinunterführt, spürt man etwas von seiner Aufgeschlossenheit. Sehr geschickt darin, die Leute zum Reden zu bringen. Und Sie? Unterwegs in den Aufenthaltsraum? – Wie? – Das verstehe ich nicht. – Sie kommen nicht heraus? Ich weiß nicht – der Pullover scheint wirklich ein wenig eng. – Versuchen Sie einmal, den Arm herauszuziehen. – Langsam. – Nicht so. Warten Sie, von der Seite. – Kommen Sie da wirklich nicht mehr heraus? – Der Kopf ist zu groß und die Öffnung zu eng, das sehe ich. Was lachen Sie, Kâzim? Helfen wir ihm lieber heraus. – Geduld, Herr Ziegler, versuchen Sie … – Wozu war es nötig, diesen Pullover anzuziehen, Herr Ziegler? Was ist Ihnen dabei eingefallen? Wieso zwängen Sie sich in einen Pullover, ohne darauf zu achten, dass Sie nicht mehr herauskönnen? – Mit einer Schere herausschneiden? Kâzim, Sie sind wohl nicht bei Trost. – Wie Sie meinen, Herr Ziegler, viel Erfolg.

Du lieber Himmel, und ich habe Ihnen erzählt, er redet wenig! Das wird Sie lehren zu glauben, was ich über andere Menschen erzähle! Aber wie soll er diesen Pullover ausziehen, ohne Schaden zu nehmen? Herr Ziegler ist nicht der Erste diese Woche, den ich die Geduld verlieren sehe. Ein Mensch, von dem ich angenommen habe, er sei innerlich ausgeglichen. Andererseits würde ein enger Pullover auch bei mir merkwürdige Gefühle hervorrufen. Ein ganz verzwickter Fall. Ihr Vorschlag, Kâzim, also wirklich. Mit der Schere, Sie fangen an, mir unheimlich zu werden. Kommen Sie, setzen wir uns einen Augenblick. Ich möchte Ihnen das Melodram um Hensler fertig erzählen. Sitzen Sie gut?

Nach einer Weile spitzten sich die Dinge zu. Walter Hensler stürzte sich entschlossen in die Höhle des Löwen. Er klingelte, und ich öffnete die Tür. Das weiß ich noch wie heute.

»Guten Tag, Herr Zbinden«, stellte er sich vor. »Mein Name ist Walter Hensler. Ich möchte Sie sprechen.«

»Wir sind uns bereits begegnet. Ich war gerade dabei, ein Arbeitsblatt zur Antarktis zu verfassen, aber kommen Sie herein. Was darf ich Ihnen anbieten? Kaffee, Tee, Wasser?«

»Dasselbe wie Sie, danke.«

Hensler hatte schmale Lippen und einen geheimnisvollen Leberfleck auf der linken Wange. Seine Haltung verriet, dass er in seinen Entwicklungsjahren Stunden damit zugebracht hatte, mit geradem Rücken und gleichmäßigem Gang die schlenkernden Extremitäten unter Kontrolle zu bringen. Er trug einen beigen Anzug, eine unpassende Krawatte, gut gebrauchte Halbschuhe und zeigte tadellose Manieren. Sorgsam vermengte er Kaffee, Zucker und Rahm und lächelte vorsichtig.

»Herr Hensler, wissen Sie vielleicht, weshalb Albatrosse mit dem Wind um die Antarktis wandern?«

»Bitte?«

»Nur eine Frage, die mir nicht aus dem Kopf will. Was führt Sie zu mir? Vorsicht, der Kaffee ist heiß.«

Behutsam legte er den Kaffeelöffel auf die Untertasse. »Es geht um Ihre Frau.«

»So.«

Er wich meinem Blick aus. »Emilie. Ich liebe sie.«

»So.«

»Es tut mir leid, wenn ich Sie damit überfahre.«

»Überfahren? Mich?«, rief ich etwas zu laut. »Wieso denn? Wieso sollten Sie Emilie nicht lieben? Ich liebe sie auch. Sie ist die beste, klügste, grandioseste Frau auf Erden. Man spürt, dass sie trotz Mutterschaft eine richtige Frau geblieben ist.

Bezaubernd, umwerfend, hinreißend. Das Land muss voller Männer sein, die sie lieben.«

Als Emilie und ich uns kennenlernten, schwirrte ein halbes Dutzend Baumschulgärtner lüstern um sie herum, weil sie von einer solchen Unbeschwertheit war, die alle ansteckte. All die inbrünstigen Männer, die in Schulkommissionen, in Lesekreisen, in Laienchören in Liebe für meine Frau entbrennen mussten! Von ihr die Augen abzuwenden war unmöglich.

»Sehen Sie, Herr Zbinden, ich möchte mit offenen Karten spielen. Es ist für mich die einzige mögliche Art, mir zu beweisen, dass ich kein … dass ich anständig bin.« Hensler sprach gedämpft, als bitte er um Nachsicht. »Ich habe Emilie im Vogelbeobachtungskurs kennengelernt. Ich fühle mich sehr wohl in ihrer Nähe.«

»Haben Sie eine Affäre?«

»Emilie und ich? Um Gottes willen, nein!«

»Sie haben nichts miteinander?«

»Nein!«

»Sie spielen mit offenen Karten, Herr Hensler«, sagte ich. »Dafür danke ich Ihnen. Aber weshalb kommen Sie damit zu mir? Ich glaube, dass Sie mit der falschen Person sprechen.« Ich zwang mich, ihn ruhig anzulächeln.

Hensler rutschte unruhig auf dem Sitz herum.

»Ich will Ihnen etwas sagen, Herr Hensler. Wenn Emilie kommt, dann fragen wir sie klipp und klar, ob sie sich eventuell in Sie verlieben möchte und für wen von uns beiden sie sich entscheiden will.«

Kâzim, denken Sie nicht, ich hätte die Angelegenheit auf die leichte Schulter genommen. Missmutig betrachtete ich den Mann, den Emilie jederzeit gegen diesen rührend ehrlichen, sympathischen Vogelbeobachter eintauschen konnte: Lukas Zbinden, lehrmittellesend auf dem Sofa, mit offenem Hosengürtel, um das Gefühl der Enge zu lindern. Sich unters Kinn fassend, rechts und links an seinem Gesicht entlangschauend, wie in einer lächerlichen Rasierschaumreklame. Beim Korrigieren von Aufgabenblättern, ihr nicht entgegenlaufend, wenn sie zur Tür hereinkommt. Mit den unangenehm kalten Füßen zuckend, immer dann, wenn sie gerade einschlafen will. Ich war ihr kein guter Ehemann. Ich trank zwar nicht oder schwärmte herum. Dennoch. Wann hatte ich sie zuletzt aus heiterem Himmel mit einem Geschenk überrascht? Vielleicht war Emilie einsam, ohne dass ich es bemerkt hätte – trotz der Chöre, denen sie beigetreten war, trotz der Arbeit und der Wohlfahrtstätigkeit und des einen tröstlichen Sohnes. Jedes Mal, wenn ich sie nicht ausreden ließ, sagte sie sich vielleicht schon lange und immer wieder: »Gib ihm noch eine Chance«, und biss auf die Zähne? Ein weniger geduldiger Mensch hätte mich längst eingetauscht.

»Wo wollen Sie denn auf einmal hin, Herr Hensler? Setzen Sie sich. – Da ist jemand für dich!«, rief ich Emilie zu, als sie zur Tür hereinkam.

»Guten Abend, Walter«, sagte Emilie zurückhaltend. »Was führt Sie zu uns?«

»Herr Hensler will dir etwas sagen, Emilie. Na los, sagen Sie es ihr.«

Hensler blinzelte ängstlich. »Ich habe nichts zu sagen.«

»Er möchte dir sagen, dass er dich anbetet. Wir sind übereingekommen, dass du zwischen uns wählen sollst.«

»Was soll ich?«, fragte Emilie.

»Herr Zbinden, das ist doch absurd!«, rief Hensler gequält.

»Setz dich zu uns, Emilie. Möchtest du dich von diesem Menschen da küssen lassen, ja oder nein?«

»Lukas, du bist verärgert.«

»Ich bin nicht verärgert!«

»Es tut mir furchtbar leid, Emilie. Ich gehe wohl besser ...« Hensler raffte seinen Mantel zusammen.

»Sie bleiben hier! Ihr habt miteinander zu reden. Ich lasse euch allein. Ich mische mich ein wenig unter die Leute. Auf Wiedersehen. War mir ein Vergnügen.«

Draußen, im heranrasenden Wind, die Jacke bis zum Hals geschlossen, ließ ich mich sofort von eigenen Gedanken ablenken. Wie ein völlig ungeübter Spaziergänger reagierte ich auf alles, was in mir drin vorging. Emilie konnte mich verlassen. Sie war ein freier Mensch. Sie konnte mich verlassen, wann immer ihr der Sinn danach stand. Vielleicht nicht wegen eines schusseligen Vogelbeobachters, der sich mit Wellensittichen in ein Fiasko redete. Aber weshalb immer wieder den gleichen Mund küssen? Sie konnte mich verlassen, weil sie in einer Illustrierten den Test »Wie gut kennen Sie Ihren Gatten« ausgefüllt und festgestellt hatte, dass sie keine einzige Antwort hatte raten müssen. Sie konnte mich mit einem niedergeschmetterten Markus sitzenlassen, dessen verheulte Augen mich ständig an sie und an die Tatsache erinnern würden, dass wir ihn nun nicht mehr gemeinsam großziehen würden, als richtige Familie, die ich bis dahin für einen unveränderlichen Bestandteil meines Lebens gehalten hatte. Ich dachte über viele Dinge nach, nicht zuletzt über die Tatsache, wie unangenehm die Übergabe des Sohnes am Wochenende sein würde.

Ein vereinzelter großer Regentropfen lief quer über meine Jacke. Ein zweiter Tropfen zerspritzte auf dem Boden vor meinen Füßen. Ich lief nach Hause zurück, um nachzusehen, ob Emilie schon die Koffer gepackt hatte.

Sie saßen im Wohnzimmer und tranken Tee. Er schien gerade etwas ungemein Vergnügliches zu erzählen, denn Emilie machte einen ungemein vergnügten Eindruck auf mich. Ihre Augen hatten einen träumerischen Glanz.

»Da bist du schon wieder!«, rief sie.

»Ein Gewitter zieht auf. Aber nur weiter, weiter. Ich will euch nicht stören.«

»Was trägst du da bei dir?«

Ich reichte ihr, was ich in Schutzpapier gewickelt bei mir trug.

»Blumen? Gibt's was zu feiern?«

»Muss es was zu feiern geben? Es ist spät, Herr Hensler.«

»Ja, sicher.« Er erhob sich gemessen. »Auf Wiedersehen, Emilie.«

»Sie müssen sich nicht beeilen.« Emilie schenkte ihm ein wunderbares Lächeln. Keinesfalls die Art von Lächeln, mit dem man Vogelbeobachtungskursbekanntschaften bedenkt, wenn man selbst fidel liiert ist. »Es regnet doch. Bleiben Sie noch eine Viertelstunde, bis der Regen abklingt. Wenn Sie wollen, können Sie hier zu Abend essen.«

»Ich glaube nicht, dass ich das will«, sagte er, mit Blick zu mir.

»Dann nehmen Sie wenigstens einen Schirm von uns«, bot Emilie an.

»Sehr reizend von Ihnen, doch …«

»Nehmen Sie einen Schirm.« Ihr Blick war freundlich und offen. »Manche Dinge im Leben bekommt man geschenkt. Man kann sie annehmen. Das ist erlaubt.«

»Vielen Dank, Emilie«, er verneigte sich tatsächlich. »Und danke für die offenen Worte.«

Er senkte den Schirm wie ein Florett, dann schritt er durch die Tür ins tobende Gewitter.

Als der Nebenbuhler verschwunden war, holte ich tief Luft und setzte mich zu Emilie.

»Er wird den Schirm behalten«, sagte ich.

»Du hättest ihn nicht gleich hinauswerfen müssen.«

»Ich habe ihn nicht hinausgeworfen.«

»Weißt du, es hat ihn viel Überwindung gekostet hierherzukommen.«

»So.«

»Ich mache mir Sorgen um ihn.«

»Um ihn machst du dir Sorgen! Worüber habt ihr denn gesprochen?«

»Warum?«

»Ich bin nur neugierig.«

»Er hat mir einen Antrag gemacht, und ich habe mir Bedenkzeit erbeten«, sagte Emilie im Tonfall eines Menschen, der drauf und dran ist, alle Konventionen außer Acht zu lassen.

»Du kannst mich ruhig verlassen«, sagte ich tapfer. »Eine Woche ist Markus bei mir, eine Woche bei dir. Zwei Jahre würde er sich aufregen, dann würde er begreifen, dass wir genau das Richtige getan hatten. Ich wäre sehr glücklich.«

»Du wärst nicht glücklich.«

»Ich würde sagen: So geh doch, ich halte dich nicht. Ich würde am Morgen die Liebe zu dir begraben und am Nachmittag zwei Stunden lang spazieren. Ein Mensch, der spaziert, kann überhaupt nicht unglücklich sein. Ich würde spazieren und dabei singen. Ich würde singen, meine Liebste, dass dir vom bloßen Drandenken das Herz brechen würde.«

»Sag ich doch. Du wärst todunglücklich.«

»Ich würde das Terrain erkunden und festen Boden unter die Füße bekommen. Mal hier eine beiläufige Affäre, mal dort. Den Frauen die Kleider vom Leib schwatzen. Sich an einem harmlosen Weibchen mit wenig Hirnmasse und einem üppigen Balkon verjüngen.«

»Du bist nicht der Typ für Affären, Lukas.«

»Wirst du mit ihm ausgehen?«

»Er sieht schon ziemlich gut aus.«

»Er hat ekelhafte Schweinsäuglein.«

»Mir gefallen sie. Sie haben etwas Tragisches und Geheimnisvolles.«

»Bestimmt überlegt er sich, mit einer Glasscherbe deinen Namen in sein Handgelenk zu kratzen.«

»Schmeichelhaft.«

»Beziehungen, die nur auf Leidenschaft fußen, haben geringe Chancen.«

»Das Risiko gehe ich ein.«

Und dann ein langer, inniger Kuss, man ringt nach Atem und kann sich nicht rühren. Ich versichere Ihnen, der Kultursprung von einem Kuss Valentinas zu einem Kuss Emilies ist unbeschreiblich. Wir hielten uns fest, und klar und deutlich kam mir der Gedanke, dass ich mich genau an der Stelle des Universums befand, an die ich hingehörte. Seite an Seite mit Emilie, ihre Hand in meiner.

Die Geschichte mit Walter Hensler blieb freilich ärgerlich. Alle paar Wochen rief er an. Während Emilie seine Einladungen abwehrte, überlegte ich Mittel und Wege, wie ich meiner Frau zu verstehen geben konnte, dass ich noch lange mit ihr zusammen sein wollte. Ich nahm mir vor, gebrauchte Taschentücher nicht mehr in die Sesselritze zu schieben. Die Klopapierrolle zu ersetzen. Die Tageszeitung fortzuräumen. Vielleicht hatte Emilie es ebenso satt wie Frau Wehrli, ihrem Mann die Hemden zu waschen und zu bügeln? Ich würde sie in Zukunft in die Wäscherei geben. Ich würde Emilie einen Kaschmirpullover schenken. Ein Parfum. Sie mit Blumen überschütten. Einmal rief mich Emilie aus dem Badezimmer: »Was soll das denn?«

Ich hatte den Zettel »Mag dich trotzdem« entfernt und ersetzt durch den Hinweis: »Dreihunderttausend Männer begehren meine Frau.«

»Das ist nur, damit ich immer daran denke, welches Glück ich gehabt habe, dich zu ergattern, Emilie.«

Sie musterte den Spiegel und sagte: »Wer ist denn die Konkurrenz? Namen bitte.«

Ein Lehrerzimmerkollege, Englischlehrer Bertram, verriet mir eine todsichere Methode, seine Frau zum Schmelzen zu bringen. »Iss heute nichts zu Abend. Du wirst sehen, wie sie das beeindruckt. Wenn du dein Abendessen nicht anrührst, wird sie merken, dass dir weh ums Herz ist. Sein Essen unberührt auf dem Teller zu lassen, wird international als Zeichen von Liebe verstanden.«

»Ich weiß nicht, Bertram.«

»Probier's einfach. In der Nacht, wenn sie schläft, kannst du dich ja hinunterschleichen und den Kühlschrank plündern.«

Was halten Sie von der Methode, Kâzim? Ihrem Mienenspiel ist nichts anzumerken. Sie lassen sich überhaupt nur selten etwas anmerken, nicht? Ich stellte mir vor, wie Emilie meine Appetitlosigkeit bemerken und fragen würde: »Lukas, Liebster. Mir fällt auf, dass du gar nichts isst. Ist etwas nicht in Ordnung?«

»Ja, Emilie, mein Herz«, würde ich sagen, »es ist nett, dass du fragst. Weißt du, ich verzehre mich nach dir, aber ich weiß nicht, ob du dir nicht vielleicht etwas Besseres wünschst. Bist du noch glücklich mit mir?«

Sie musste schmelzen, was meinen Sie?

Also verzichtete ich am Abend wie ein professioneller Hungerkünstler auf Emilies gartenfrischen Saisonsalat, ihren unübertrefflichen Spinatkuchen und das Caramelflan, an dem Markus stolz mitgewirkt hatte, und was soll ich Ihnen sagen. Dass sein Caramelflan praktisch unberührt blieb, kränkte ihn dermaßen, dass er vom Tisch wegrannte und unter der Decke in seinem Bett weinte wie ein Kind, das er mit zwölf Jahren ja noch war. Emilie warf mir einen flammenden Blick zu.

»Ich liebe dich, Lukas Zbinden«, sagte sie.

Ich fuhr auf vor Schreck. Wenn Emilie mich beim ganzen Namen nannte, hatte ich Grund zu zittern.

»Und«, fuhr sie fort, »du solltest alles daransetzen, dir diese Liebe zu erhalten.«

Von diesem Tag an – zwölfter August neunzehnhundertsiebenundsechzig – legte sich der siebenundvierzigjährige Lukas Zbinden ins Zeug. Bei allen Hausarbeiten legte er mit Hand an: beim Kochen, beim Waschen und sogar beim Bodenschrubben. Er krempelte die Ärmel auf, band sich eine Schürze um und hantierte erbarmungslos herum, während

Emilie an der Nähmaschine saß, den Kopf nach hinten warf und ungläubig aus dem Atelier blickte.

Ich führte eine Liste und stufte die einzelnen Aufgaben nach ihrer Dringlichkeit ein. Bat Emilie mich um eine Besorgung, gab ich dieser Vorrang auf der Liste. Emilie war bald so von der Wirksamkeit der Methode überzeugt, dass sie mich gar nicht erst um Erledigung gewisser Dinge bat, sondern selber auf meiner Liste notierte, was sie getan haben wollte.

Wenn Gäste auf ein Stündchen bei uns einkehrten, braute ich Kaffee und reichte Süßigkeiten herum, und Emilie erklärte den Gästen die »verkehrte Welt«, die auf einmal in diesen Haushalt gekommen sei. Eine Zeitlang machte mich nichts glücklicher, als wenn es mir gelang, den Gugelhopf in einem Stück aus der Form zu stürzen.

Man erzählt sich, in einer Waldlichtung stünden zwei Liegestühle, die für das Paar bestimmt seien, das es noch keine Sekunde bereut habe, zusammengekommen zu sein. Aber die Liegestühle sind bis zum heutigen Tag leer. Ich erwähne diese kleine Geschichte bei der Konfirmation meiner Enkelin, Generationenversammlung um den abgegrasten Tisch im Festsaal, und Emilie ruft quer durch den Raum: »Lukas, die Liegestühle kriegen wir!«

Paare, deren Ehe fünfzig Jahre überdauert hat, werden dann und wann nach ihrem Erfolgsgeheimnis gefragt. Dabei ist es kein tiefgehütetes Geheimnis. Man kennt einander sehr genau, alle Stärken und besonders die Schwächen, man behandelt den anderen sorgfältig und achtsam, man bewundert und verzeiht einander. Emilie und ich, wir waren Menschen, die einander immer wieder verzeihen mussten. Ich verzieh Emilie, dass sie keine Stadtspaziergängerin war. Und sie verzieh mir, dass ich häufig danebengriff, wenn ich ihr etwas schenkte: Der Kaschmirpullover aus dem Schaufelberger war zwei Nummern zu klein, das Parfum vom Loeb war zu aufdringlich, und Orchideen habe sie bekanntermaßen noch nie gemocht, auch wenn sie aus Ryffels eigener Zucht stammten. Sie verzieh mir, dass ich die Salatschüssel mit einer einzigen Cherry-Tomate in den Kühlschrank stellte, bloß damit ich sie noch nicht abzuwaschen brauchte. So richtig gestritten hatten wir uns nur einmal. Da machte sie auf dem Beatenberg einen Segelfliegerlehrgang mit, ohne mir vorher etwas zu sagen. – Selbstverständlich dürfen Sie fragen, was wir hier tun! Schließlich ist das beinahe Ihr Sofa, Herr Imhof, wie glücklich müssen Sie sein! – Ein außerordentlich bequemes Sofa, von höchster … – Aber das tun wir doch nicht! Wir sind auf dem Weg nach draußen und haben nur eine kleine Verschnaufpause eingelegt. – Sie tun gerade so, als ob wir Vandalen wären! Dabei lassen wir weder Zigarettenasche noch Eierschalen oder sonst was liegen. Aber wir hätten uns natürlich nicht hier niederlassen dürfen, da gebe ich Ihnen recht, Herr Imhof. Ihr Sofa ist schuld mit dem Zauber, den es auf mich ausübte. Es erinnert mich so sehr an das Sofa, auf dem meinem Bruder und mir die Brust gegeben wurde. – Sie glauben mir nicht? – Seit drei Jahren wünsche ich mir, es in meinen Stock umsiedeln zu können. – Unverrückbar, sagen Sie? – Kâzim, stehen Sie auf, wir wollen weitergehen. Vielen Dank, Herr Imhof, dass Sie nicht die Polizei gerufen haben!

Das machen wir kein zweites Mal, Kâzim. Nachdem wir diesem Schrecken entronnen sind, fühle ich mich ganz zittrig. Es ist aber auch wirklich Pech, dass er gerade vorbeigekommen ist.

Herr Imhof ist krank. Seine Seele verfault. Ich habe es ihm erklärt. »Herr Imhof«, habe ich gesagt, »wenn Sie so weitermachen, werden Sie bald aus dem Hals riechen. Merken Sie nicht, wie Ihre Seele verfault? Wenn etwas verfault, dann gärt es. Wenn etwas gärt, entstehen Dämpfe, giftiges Gas steigt in den Kopf, und davon haben Sie Ihre Kopfschmerzen.«

Ich erkläre es ihm, aber er wird nur wütend. Wirft mit einem Kissen nach mir.

»Mit achtundachtzig schmeißt man wirklich nicht mehr mit Gegenständen um sich«, sage ich.

Einen Menschen verrotten zu sehen ist die bemitleidenswerteste und peinlichste Sache, die man sich vorstellen kann.

Was meinen Sie, Kâzim, vielleicht braucht es nur ein kleines, unwahrscheinliches Ereignis, um Herrn Imhof und Frau Jacobs doch noch zusammenzubringen? Vielleicht müsste Frau Jacobs einmal im Lift stecken bleiben?

Stellen Sie sich die Szene vor: Frau Jacobs quetscht den Alarmknopf und heult vor Kummer und Elend und poltert mit der freien Hand gegen die Lifttür.

»Was ist das?«, fragt Herr Imhof im zweiten Stock und hält die Hand ans Ohr.

»Lift eins steckt fest«, erklärt der Hauswart.

»Der Stimme nach Frau Jacobs«, sagt die Leiterin Verwaltung.

»Was können wir tun?«, fragt Herr Imhof besorgt.

Der Hauswart zuckt mit den Achseln. »Die Betreiberfirma schickt einen Mechaniker. Wir müssen warten.«

»Warten?«, ruft Herr Imhof. »Und wenn uns die gute Julia da drin erstickt?!«

Auf seinem Gesicht liegt eine Bestimmtheit, die ihm

niemand mehr zugetraut hat. Schon hat er das gerahmte Foto vom Betagtenheim um 1920 von der Wand gerissen, den Rahmen zwischen die Schiebetür geschoben und diese aufgestemmt. Major Imhof kehrt in die Miliz zurück.

Die Leiterin Verwaltung reißt die Augen auf und entdeckt im unauffälligen Heimbewohner von Zimmer 303 einen rüstigen Mann mit verborgenen Talenten.

»Was tun Sie da?«, stammelt sie.

Herr Imhof blickt in den Schacht hinunter zur Kabine, in der Frau Jacobs die letzte Viertelstunde damit zugebracht hat, ihren arthritischen Arm zu belasten und im Stehen das Beten zu erlernen.

»Um Gottes willen!«, ruft die Leiterin Verwaltung. Herr Imhof hält sich am Tragseil im Liftschacht fest und lässt sich langsam zu Frau Jacobs' Käfig hinuntergleiten.

Der Hauswart weist die vollständig erstarrte Leiterin Verwaltung darauf hin, dass in diesem Betagtenheim etwas nicht stimme, er habe schon öfters leere Weinflaschen im Warendepot der Küche vorgefunden.

Im Lift besteht ein Rauchverbot, und Herr Imhof macht eine unfreundliche Bemerkung über das, was er das »Diktat der Heimleitung« nennt. Frau Jacobs kann trotz ihrer scheußlichen Situation ein wenig lachen.

»Ich habe solche Angst«, sagt sie verlegen und wischt sich unauffällig den Schweiß von der Stirn.

»Bald holt man uns beide hier heraus«, sagt Herr Imhof und will damit sagen, dass sie keine Angst zu haben brauche, er gebe auf sie Acht. Beim Abseilen hat er einen Schuh verloren, sich von oben bis unten mit Schmierfett beschmutzt und sich am Zeigefinger geschnitten.

»Sie bluten ja!«, sagt Frau Jacobs.

Herr Imhof deutet an, dass ihm Schmerzen nichts ausmachen. Es ist der Tag, auf den er in seiner Armeedienstzeit vergebens gewartet hat.

Um sich abzulenken, erzählt Frau Jacobs von ihrem gestrigen feierlichen Abendessen bei Bekannten. Herr Imhof hört interessiert zu und fragt: »Was haben Sie angehabt?«

Frau Jacobs muss die Tränen zurückhalten. »Wissen Sie«, berichtet sie Lydia später, »wie lange es her ist, dass jemand mich gefragt hat, was ich angehabt habe?«

Die ramponierte Schiebetür im zweiten Stock verzögert die Befreiungsaktion durch die Schindler-Mechaniker um eine halbe Stunde. Als Lift eins wieder fahrtüchtig ist und Frau Jacobs und Herr Imhof der Kabine entsteigen, jubelt ihnen von der Leiterin Verwaltung bis zum Neuzugang im vierten Stock, vom geselligen Spaziergänger Zbinden bis zum Einzelgänger Ziegler alles zu, was Hände hat zum Klatschen und Stimmbänder zum Jauchzen. Herr Imhof wird zärtlich umhalst und fällt in Ohnmacht.

»Der Blutverlust«, mutmaßen Britta und Lydia, den Veteranen auf eine Liege bettend, und wenige Monate später trifft sich das versammelte Betagtenheim vor der Petrus-Kirche am Kalcheggweg. Herr Imhof und Frau Imhof-Jacobs streben beide dem neunzigsten Lebensjahr zu, und Lukas Zbinden hat bis zur letzten Minute gewartet, ehe er dem Paar ein Hochzeitsgeschenk gekauft hat.

Aber ich hoffe vergebens. Alles was geschieht und weiter geschehen wird, ist, dass Frau Jacobs und Herr Imhof mit starren Blicken aneinander vorbeigehen und sich im Speisesaal dramatisch ignorieren. Frau Jacobs setzt die Lesebrille auf und memoriert die Kursliste, während Herr Imhof den Tisch mit Luftkampfszenarien in den Wolken über England unterhält, dass man sich vor, wie heißt sie doch gleich, schämen muss. Die Praktikantin. Ein asiatischer Name, aber er fällt mir nicht ein.

Dass die Menschen so einsam sind. Dabei sitzen sie so eng aufeinander wie nie. Hören Sie die Leute klagen, Kâzim? Ein Schüler sagt: »Keiner kümmert sich um mich, keiner schätzt mich, keiner bemerkt mich. Mich liebt kein Mensch!«

Ich erwidere: »Rede keinen Unsinn. Deine Eltern lieben dich.«

»Ach, die! Wir streiten, und weg bin ich.«

»Deine Freunde?«

»Das sind Kollegen, sonst nichts.«

Nicht wahr, diese Einsamkeit gibt's nicht nur bei jungen Menschen. Verwaisten Gymnasiasten, allein im Bett mit einem Comic. Eheleute leben todeinsam neben ihren Partnern. Der Mann hat keine Ahnung, was die Frau bewegt. Die Frau hat keine Ahnung, was den Mann bewegt. Und nun reißen die Dämme: Der Ehemann, der neben seiner Frau herlebt, sammelt Weiterbildungszertifikate. Der Fünfzehnjährige mit verängstigten Augen sucht Trost in einem Ferienjob, der ihn aus der Einsamkeit erlöst. Ist es nicht so? Die Geister strafen die Menschen, wenn sie ihren zahllosen Geschäften nicht nachkommen. Und wenn sie ihnen nachkommen, strafen die Geister sie dafür, dass sie sich keine neuen Geschäfte auferlegen. Die Männer sterben früh, leben nicht lange genug, um die Geburt der Kinder ihrer Kinder mitzuerleben.

Hinter dem Herumgewirtschafte eine grenzenlose Not. Sogar die Stunden, die man für sich allein hat, gilt es produktiv hinter sich zu bringen. Noch lange nicht jedem Menschen, der herumjammert, dass ihn die viele Arbeit verrückt mache, geht es besser, wenn die Arbeit ihn nicht verrückt macht.

Der Heimleiter setzt sich mit einem Seufzer an den Tisch und sagt: »Ach, wenn ich nur das Telefon abstellen könnte! Unaufhörlich will jemand etwas!«

Frau Wyttenbach sagt: »Seien Sie froh, dass Ihr Telefon noch läutet. Ich wäre glücklich, mein Telefon würde läuten. Sind Sie in der Sache Gandhi zu einer Entscheidung gekommen?«

»Wenn ich Lust habe, Stefanie zu sehen, kommt Christine«, sagt Frau Rieter, »und wenn ich Christine sehen will, kommt Stefanie.«

»Kein Mensch interessiert sich mehr für meine Meinung«, sagt Herr Probst. »Erst dachte ich, es müsse herrlich sein, einmal Ruhe zu haben und die Verantwortung fürs Geschäft abzuwälzen. Jetzt aber, wenn ich in den Betrieb komme, bietet mir jedermann etwas zu trinken an, das ist auch alles. Ich könnte geradeso gut wegbleiben.«

»Keine freie Minute«, sagt der Heimleiter und steht seufzend auf. Wahrlich ein aufgehender Stern der Altenpflege.

Höhlenmenschen haben, bevor sie auf die Jagd gingen, Abbildungen von Antilopen und Bären an die Wände gezeichnet, um die Tiere herbeizulocken. Rede ich mit Ihnen, Kâzim, um meine Familie herbeizulocken? Dabei kann ich mich nicht beklagen. Andere Senioren hier vereinsamen, weil sie keine Verwandte haben und mutterseelenallein sind, oder weil ihre vielbeschäftigten Kinder so gut wie nie vorbeischauen. Frau Felber hat Enkelkinder in jedem Alter von minus drei Monaten bis vierundzwanzig Jahre, aber sie steigt auf den Estrich und sucht die Dächer der Stadt ab, bis sie die Gebäude findet, in denen die Kinder und ihre Familien wohnen müssen. Um sie aufzumuntern, begleite ich Frau Felber manchmal in Boutiquen an die Fünfzig-Prozent-Ständer. Sie denkt nicht mehr daran, andere zu beschenken, nur noch sich selbst. Ich habe die Heimleitung angeregt, all jenen, die ihre Eltern nicht mindestens alle zwei Wochen besuchen, schriftliche Mahnungen zu schicken.

Hören Sie die Leute? »Ich bin so einsam. Keiner schenkt mir Liebe.«

Ich kann es nicht mehr hören. »Und Sie?«, sage ich dann. »Wo ist der Mensch, der sagt: Ich schenke Liebe?«

Wenn die Schreibkraft zu Beginn der Blockzeit eintrifft, nur als Beispiel, dann steht Herr Hügli gewöhnlich vor dem Büro und wartet darauf, das Altpapier des Vortages durchzusuchen. Er beraubt die Briefumschläge der Marken, um sie seinen halbgaren Urenkeln zu schicken.

Oder Frau Dürig. Die dreijährigen Urenkel kuscheln sich so nah wie möglich an sie, legen ihre Köpfe auf ihre dürre Brust und erzählen ihr Geschichten, die sie mit ihrem Zwanzig-Prozent-Gehör kaum versteht. Aber während die Urenkel sprechen, liebkost sie sie und drückt sie so zärtlich, wie sie ihren geliebten Mann gedrückt hatte. Als ich sie einmal darauf ansprach, sagte sie: »Ja, Tobias und Noah erinnern mich an meinen Mann, und ich fühle mich ihm besonders nahe, wenn die Kinder bei mir sind.«

Habe ich schon meinen Großvater erwähnt, Kâzim? Der Schlüssel zu vielem, was mir im Leben zustoßen sollte. Er stürmte auf meinen Bruder und mich zu, fasste uns um die Taille und hob uns hoch, zwei auf einmal. Wir strampelten, die Holzpantoffeln fielen polternd zu Boden. Er stellte uns wieder hin, hielt uns die Hand hin, dröhnte: »Gebt mir einen Zwanziger!«, und brach in schallendes Gelächter aus.

Als Rudolf Minger in die Regierung gewählt wurde und in seiner Wohngemeinde Schüpfen mit Pauken und Trompeten empfangen werden sollte, wollten Matthäus und ich unbedingt dabei sein. Großvater lachte uns aus. »Wozu wollt ihr ihn denn sehen, den alten Bauern?«

»Immerhin ist er jetzt Bundesrat!«, wehrte sich Matthäus.

Großvater lachte schallend. »Was stellst du dir vor? Meinst du, ein Bundesrat muss nicht mit einem Bein nach dem anderen in seine Hosen steigen?«

»Er hilft den armen Leuten!«

»Ach, Matthäus«, aber am Tag, als Minger empfangen werden sollte, erwartete Großvater uns in der Dorfstrasse. Ballone, Girlanden, ein Ochse briet am Spieß. Wir dachten, wir wären zeitig da, aber nun sah es so aus, als kämen wir vor lauter Gewühl und Gedränge nicht einmal in die Nähe des Bahnhofs. Matthäus und ich hätten uns am liebsten hingesetzt und geheult, so verzweifelt waren wir.

Nur Großvater, die weltstädtisch wirkende braune Melone auf dem Kopf, ließ sich nicht so leicht einschüchtern. »Jetzt nehmt ihr meine Hand und bleibt immer dicht bei mir.« Und dann rief er mit lauter, dienstlich klingender Stimme: »Bitte zur Seite treten! Bitte Platz machen!«

Die Leute drängten tatsächlich zur Seite und ließen uns

durch. Als wir den Bahnhof erreicht hatten, ging Großvater schnurstracks auf den ersten Polizisten zu, den er erblickte. Er redete in einem Ton, als wäre er mindestens Artilleriemajor. »Die Burschen hier sind die Söhne von Doktor Duvalier-Delacroix. Doktor Duvalier-Delacroix gehört zur Begleitung von Bundesrat Minger. Wir müssen aufs Perron!«

Ich dachte, jetzt ist alles aus, aber der Polizist drängte sich vor uns her durch die Menge und rief immer wieder: »Zur Seite bitte! Weg da!«

Er geleitete uns bis aufs Perron, wo eine Blasmusik und lauter Damen in Tracht und Männer in Sonntagsleinen auf den Bundesrat warteten. Der Polizist zeigte uns einen weißen Strich auf dem Boden. »Da ungefähr muss der Wagen Mingers zum Stehen kommen«, sagte er.

»Kann ich Ihren Namen erfahren?«, fragte Großvater.

»Raaflaub«, sagte der Polizist, »Wachtmeister Raaflaub.«

»Ich danke Ihnen, Wachtmeister Raaflaub«, sagte Großvater, Matthäus und mich auf seine Schultern hebend, »ich werde mich an Sie erinnern.«

Ich glaube, keine Kinder haben den Tabak von so nah eingesogen wie mein Bruder und ich, als der Zug endlich einfuhr, ein Stumpen rauchender Bundesrat Minger aus dem Erstklasseabteil heraustrat und, bevor er sich strahlend und winkend der Menge zuwandte, seiner Frau kopfschüttelnd erklärte, er würde das Kursbuch des Kondukteurs so lange behalten, bis dieser ihm die neunzehn Franken zahle, die er auf der Fahrt von Bern nach Schüpfen im ehrlichen Kartenspiel an ihn verloren habe.

Ob Sie es glauben oder nicht, ich verabscheue es, andere Menschen als meinen Sohn mit Reden zu versauern. Aber ich kann doch böse werden und fragen: »Was zum Teufel geben Sie dem Leben? Jeden Tag nehmen Sie von der Erde, von der Luft und von der Schönheit dieser Welt und was geben Sie ihr?«

Eines Tages fordert Großvater uns auf, ihm zu folgen. Er trägt einen schwarzen Anzug und die braune Melone und bedient sich eines weltmännischen Spazierstocks mit silbernem Griff. Seite an Seite machen wir seinen Rundgang. Zuerst zum Weiher hinunter, wo Matthäus und ich bis zum Hals im Wasser stehen, mit beiden Füßen den schlammigen Grund aufwühlen, bis uns Großvater aus dem Weiher zieht und Geschichten über Knaben erzählt, die hier ertrunken sind. Dann den kühlen Waldweg entlang und schließlich durch die düstere Bütschwilgrube. Wir berichten von Lausbubenstreichen, vom Verlauf der Tour de Suisse, von Höhen und Tiefen im Leben unseres Pfadfinderzuges, und hängen an Großvaters Lippen, wenn er von den Abenteuern des Afrikaforschers Livingstone erzählt, dem Wirken von Doktor Barnardo unter den Kindern der Londoner Elendsviertel. Wir kommen an eine Lichtung bei Grächwil, Großvater erklärt: »Hier werden sie bald eine elektrische Leitung ziehen.«

Wir haben die Schuhe ausgezogen und tragen sie zusammengebunden über der Schulter, und als wir Grächwil erreichen, bleibt Großvater vor einem grasüberwachsenen Erdwall stehen, betrachtet ihn lange und sagt: »Hier hatten die WK-Soldaten früher ihren Schießstand.« Er blinzelt uns rasch von der Seite an. »Meine Schüler graben ab und zu noch Kugeln aus.«

»Ich will genau wie du werden, wenn ich groß bin«, sagt mein Bruder. »Ich will Lehrer werden.«

Und mit fröhlicher Stimme erwidert Großvater: »Lehrer sein ist kein Beruf, sondern ein Kreuz. Wenn du wirklich Lehrer werden willst, bilde dich zuvor als Tierbändiger aus. Vielleicht, mit genügend Willensstärke und Verführungskunst, gelingt es dir, aus einer Horde eine Herde zu machen.«

Auf dem Rückweg bemerkt Großvater den traurigen Zustand unserer Schuhe und zieht einen Geldschein aus der Brieftasche, den er Matthäus in die Hand drückt. »Ich möchte, dass ihr euch dafür rechte Schuhe kauft.«

Und ehe wir widersprechen können, brüllt er: »Sofort!«, und wir stürzen in die Landwirtschaftliche Genossenschaft und kaufen uns hohe schwarze Schuhe, die bei Nässe hart werden wie Stein.

Wer treibt einen dazu, sich für das zu interessieren, wofür man sich später tatsächlich interessiert, Kâzim? Rudolf Mingers Gedenkstätte in Schüpfen ist eine schmucklose Betonwand, neben der Kühe weiden. Das Urnengrab meines Großvaters ist geschmückt mit Hortensien und Geranien, kein Unkraut in den Töpfen seit fünf Jahrzehnten.

Ist es nicht seltsam – ich weiß zum Beispiel so gut wie gar nichts über die Erlebnisse meines Sohnes mit seinen Großeltern, über seine Kindheit und Jugend, wenn ich nicht dabei war. Es herrscht zwischen uns eine große Sprachlosigkeit.

Als Markus zwanzig wurde, gingen wir das letzte Mal gemeinsam in die Ferien. Ibiza – Wärme, Sonne und die billige Peseta. Emilie legte sich früh hin, und im Bagatelle-Nightclub, der mit Bambus und Fischernetzen dekoriert war, umarmten Markus zwei sanft schwitzende Blondinen namens Pam. Unsere Fonda am Kai hatte eine Hintertür, die die ganze Nacht offen stand. Markus und ich testeten unsere Nüchternheit, als wir die steile Treppe zu unseren schiefen Zimmern hinaufstiegen.

»Vatersein ist etwas vom Schönsten in meinem Leben«, schwärmte ich auf der Treppe. »Das Wunder, das darin liegt, hört für mich nie auf – zu sehen, wie du dich vom hilflosen Säugling zum kräftigen Mann gewandelt hast, der Engländerinnen den Kopf verdreht. Es ist überwältigend.«

»Mhm«, erwiderte er.

»Was, mhm?«

»Nichts.«

»Was, nichts?!«

Am Morgen war der Dampfer vom Festland fällig. Emilie und ich beobachteten die Vorbereitungen, während Markus seinen Rausch ausschlief. Ein alter Mann fegte mit dem Besen das Hafengelände, ein Hund fiel ins Wasser. Wir saßen in einem Hafencafé, rings um uns Mütter mit bändergeschmückten Töchtern, Priester, Offiziere in Pyjamas, magere verkaterte Mannequins und einheimische Hippies, die auf Geld warteten.

»Wir müssen doch mal richtige Gespräche führen!«

»Worüber willst du mit Markus denn sprechen?«, fragte Emilie.

Am späten Nachmittag – Markus lag weiterhin – wanderten Emilie und ich ins Inselinnere, schenkten dem Meer einen Abschiedsblick. Lerchen stiegen empor, der Kuckuck rief, leuchtend grüne Eidechsen huschten von Stein zu Stein. Alte Weiblein saßen auf dem Feld und hüteten das Schwein oder die Ziege der Familie, Mädchen mit Strohhüten hingen ihre Bébés an einen Baum und fingen an, mit Sicheln Gras zu schneiden. In einem Dorf nahmen wir eine Mahlzeit ein, Brot und Spiegeleier, und als wir fertig waren, half der Mann, der uns bedient hatte, Emilie den Rucksack aufzunehmen. »Warum gehen Sie zu Fuß?«, fragte er. »Sind Sie Deutsche?«

»Nein.«

»Warum dann?«, wiederholte er verständnislos.

Im roten Licht der Abendsonne verließen wir das Dorf, um einen Schlafplatz zu finden. Wir fanden ein Gehölz und packten unsere Sachen zwischen den Büschen aus. Die Luft war schwer vom Duft des Thymians, wir rollten uns in die Schlafsäcke ein und unterhielten uns zu den nächtlichen Geräuschen der Frösche, Grillen, Mücken, Esel, Hunde und Nachtigallen.

»Da ist diese Sehnsucht, einfach mit ihm zusammen zu sein«, sagte ich verbittert, »diese seltsame Vorfreude auf etwas Bekanntes, Vertrautes, und dann die Enttäuschung, wenn wir tatsächlich zusammen sind. Weil wir nicht miteinander reden können.«

»Erinnerst du dich?«, fragte Emilie. »Beim Abendessen sagte Markus – er war vielleicht elf: ›Mama, du hast vorhin ein Stück Blumenkohl stehenlassen.‹ Er spielte den strengen Vater und versuchte mir das Dessert wegzunehmen. Aber du verwiesest ihn auf seinen Platz. ›Setz dich, Markus‹, sagtest du. ›Du solltest dich mehr bewegen, du bekommst einen krummen Rücken.‹« Emilie lachte vergnügt in sich hinein. »Ihr habt euch über alles und jedes gestritten. Aber ich glaube, ihr wisst gar nicht, worum es ging.«

»Worum ging's denn?«

»Mir schmeichelte es immer sehr, wenn mein Mann und mein Sohn um mich warben.«

Ich will Ihnen offen gestehen: Seit Emilie ihre schönen, gütigen Augen geschlossen hat, weiß ich nicht, was ich noch ernst nehmen kann. Was hat ein alter Mensch dem vergänglichen Universum entgegenzusetzen? Anarchistengruppen finanzieren? In Adoptionen investieren? Chinesische Pflanzen gegen Rheuma verbreiten? Grundstücke an menschenleeren Stadträndern kaufen und im Namen der Erben auf einen Bauboom hoffen? Ich vermisse unsere täglichen kleinen Zärtlichkeiten, das Übers-Haar-fahren im Vorbeigehen, den Kuss auf den Hals beim Wäschezusammenlegen, die Hand auf dem Oberschenkel beim gemeinsamen Klassik-Wunschkonzert-Hören.

Ganz plötzlich war Emilie immer müde. Alles strengte sie an, und außerdem schien sie jede Infektion aufzufangen, die überhaupt nur nah und fern aufzufangen war. Unser Hausarzt untersuchte ihr Blut, und sowohl er wie auch der Spezialist, an den sie verwiesen wurde, schlugen eine Knochenmarkuntersuchung vor, um ein klares Bild von ihrer Krankheit zu gewinnen. Man versicherte ihr, dass solche Untersuchungen ganz harmlos seien. Aber sie hatte von einigen Leuten gehört, die sie als sehr schmerzhaft empfunden hatten und auf jeden Fall als sehr unangenehm. Sie wusste, dass, wenn man sich einmal auf solche Tests einlässt, man an eine Reihe von Arzt- und Krankenhausterminen gebunden ist, und sie hatte nicht die geringste Absicht, ihre knappe Zeit wartend in Krankenhausabteilungen zu verbringen. Außerdem hatten wir uns erkundigt und erfahren, dass die Behandlungen, die bei einer Leukämie vorgeschlagen werden, bestenfalls das Leben für eine kurze Zeit verlängern können. Emilie lehnte die Knochenmarkuntersuchung ab. Sie war immer davon überzeugt, dass es nicht entscheidend sei, wie lange man lebt. Ein Dreivierteljahr später starb sie, daheim.

Es war ein langes Sterben. Ihr Zustand verschlechterte sich, blieb eine Weile so, verschlechterte sich erneut. Emilie wurde immer dünner und kleiner, sah aus wie ein Vogel. Ich begleitete sie auf die Toilette – ich hob sie hoch und schleppte sie hin. Einmal stürzten wir. Emilie lag auf mir. Ich konnte mich nicht bewegen, und sie hatte keine Kraft, sich abzustützen oder wegzudrehen. Unser Sohn, der sich rätselhafterweise an diesem Abend spontan auf den Weg zu uns gemacht hatte, half mir, hochzukommen und sie ins Bett zu bringen. Am nächsten Tag bestellten wir den Pflegedienst.

»Wie lange kannst du bleiben?«, fragte ich Markus, während wir auf die Krankenpflegerin warteten.

»Eine Woche auf jeden Fall«, sagte er, »wenn nötig auch länger.«

Ich war dankbar und auch überrascht, denn ich war mir sicher, dass er fieberhaft nachdenken musste, wie er seine beruflichen Pflichten arrangieren sollte.

Die Pflegerin kam morgens, um Emilie zu pflegen, ihre Wunden mit Salben zu behandeln. Sie legte ihr eine Windel an, frische Wäsche. Ich übernahm diese Arbeiten, wenn die Pflegerin nicht da war, ich nahm ihr die gebrauchte Windel ab, reinigte sie, salbte die offenen Stellen, legte ihr eine frische Windel an. Emilie ertrug es klaglos, aber ich weiß, was sie empfand, wenn ich sie pflegte. Dass sie Schmutz machte, dass sie stank, dass sie so viel Arbeit machte, das grämte sie. Wenn ich sie wusch, sprach ich mit ihr, um sie abzulenken.

»Emilie, streng dich an und werde gesund.«

Sie suchte meinen Blick, lächelte kaum wahrnehmbar.

»Bitte werde gesund, Emilie.«

Sie sah mich an. Emilie hatte wunderschöne, haselnussbraune Augen, habe ich das schon erwähnt?

Und stellen Sie sich vor, sie sagte: »Lukas, woran hältst du dich fest?«

Nachts schlief ich kaum, weil ich auf jeden ihrer Atemzüge achtete und sofort aufsprang und mich zu ihr setzte, wenn sie das leiseste Geräusch von sich gab.

Markus kaufte Gemüse in rauen Mengen und warf es in der Küche zusammen. Emilie aß nur winzige Häppchen, aber sie aß gerne. Sie freute sich über das Essen, lobte Markus und fragte schon vormittags: »Wann gibt es denn zu essen? Kochst du wieder so einen fabelhaften Eintopf wie gestern?«

Die Pflegerin behandelte Emilie professionell und liebevoll, sie war geschickt und schnell. Die wichtigsten Griffe hatte sie mir gezeigt: Wie ich Emilie hochheben konnte, dass ich ihr möglichst wenig Schmerzen bereitete. Nur, ich ging zu ängstlich mit dem ausgemergelten, wunden Körper um und verlängerte ihre Qual. Selbst wenn die Pflegerin die Arbeit verrichtete, tat es Emilie weh, umso schlimmer waren meine unbeholfenen Griffe. Sie versuchte sich zu beherrschen, wimmerte leise, sie flüsterte: »Lieber, es tut weh«, und ich brauchte alle Kraft, um nicht unter ihrem Schmerz zusammenzubrechen. Ich konnte sie nicht in ihrem Kot liegen lassen, ich musste ihr weh tun. Glauben Sie mir, das war das Schlimmste.

Schmerzanfälle quälten sie unsäglich, dazwischen schlief sie oder lag wach. Wir lösten uns ab, Markus, Verena und ich, sodass ständig einer von uns bei ihr war und ihre Hand hielt.

Die letzten Worte, die Emilie an mich richtete. Wir sind

allein im Schlafzimmer. Emilie schläft ruhig, ihr Gesicht ist erleuchtet vom Nachmittagslicht, dem Licht der Maler. Ich bin erschöpft, aber ich denke nur, was für ein wundervoller Mensch Emilie ist. Wie viel Freude wir zusammen hatten, sie hatte immer etwas Unerhörtes auf Lager. Ihr Leben war so überreich an Heiterkeit und Kameradschaft, an Frohmut und Dankbarkeit. Mit ihr war jeder Tag ein Geschenk.

Da öffnet sie die Augen. »Lukas?«, fragt sie matt.

»Ich bin hier, Emilie.«

Sie wendet den Kopf zu mir. Mühsam bringt sie mit Flüsterstimme heraus: »Erinnerst du dich, wie wir an diesem kleinen kristallklaren See waren? Mit bloßen Händen wolltest du Forellen fangen. Standest bis zu den Knien im Wasser.«

»Du hast mir geraten, schwimmen zu lernen. Damit ich nicht ertrinke, wenn das Wasser mal tiefer sei.«

»In Kandersteg, während wir auf den Zug warteten, hast du aus einem Garten eine dunkelrote Rose gestohlen. Du hast die Dornen abgebissen und sie ausgespien. Du hast mir die Rose dicht vors Gesicht gehalten. Dann hast du mir gesagt, ich solle mir überlegen, dich zu heiraten. Wenn du mich nicht gefragt hättest, dann hätte ich dich gefragt.«

Sie sieht, wie mir die Tränen die Wangen hinunterlaufen, wie ich den Kopf schüttle. Dann schließt sie die Augen. Ohne mir zu überlegen, was ich tue, lege ich mich neben sie ins Bett und meinen Kopf neben ihren auf das Kopfkissen. Ihre Hand tastet nach meiner, und wir bleiben zusammen vielleicht eine halbe Stunde liegen, dann stirbt sie. Ohne einen Seufzer, ohne den geringsten Kampf.

So starb der Mensch, den ich liebte wie nichts sonst. Emilie zu verlieren war – aber was erzähle ich da? Sie wissen selbst, wie es ist, jemanden zu verlieren, und wenn nicht, dann werden Sie es eines Tages wissen. Ich dachte an all das, wovon ich wünschte, ich hätte es ihr gesagt, und an all das, wovon ich wünschte, ich hätte es getan. Und am Ende wusste ich nur, dass man einander mehr schätzen sollte. Alle sollten einander mehr schätzen und es zeigen, ehe es zu spät ist.

May the road rise to meet you – das Lied trug ein Laienchor, in dem Emilie gesungen hatte, an der Beerdigung vor, als letzten Gruß. Nie hatte der Chor so versagt wie bei dieser Gelegenheit. Vor Schluchzen traf niemand den richtigen Ton. Eins kann ich Ihnen sagen: Wenn Emilie noch bei mir wäre und ich einen Wunsch äußern dürfte – den Wunsch wüsste ich: Mit ihr sterben zu dürfen.

Sehen Sie, nach Emilies Tod wurde ich vor Schmerz und Einsamkeit schier zerdrückt. Von Sehnsucht verzehrt nach dem Menschen, der mir fehlte. Wie sollte ich nur einen Augenblick ohne sie leben? Mir brach der kalte Schweiß aus, wenn ich durchs verlassene Haus ging. Ich gab mir große Mühe, mein Gottvertrauen zu stärken, aber ich bin nicht besonders fromm. Da ist ja nicht nur ein Gott, die ganze Sternenwelt und alles, das müssen Götter sein, ganze Scharen.

Die Familie kümmerte sich rührend um mich, es drängten sich die teilnahmsvollen Kondolenten, tröstliche Blumengrüße trafen ein, aber ich vermisste Emilie furchtbar. Es war grauenhaft, die Tür zu öffnen und zu wissen, dass Emilie mich nicht freudestrahlend begrüßte und sich meinen Tag erzählen lassen wollte. Ich wurde mir selbst völlig fremd, wenn Leute anriefen und wohlmeinend fragten, wie es mir ginge, sie hätten Emilie gut gekannt.

»Ich erinnere mich nicht an Sie«, sagte ich zitternd und legte auf.

Ich brachte es nicht fertig, die feuchte Wäsche aufzuhängen, den Kehricht abzuführen, zu kochen. Ausgenommen ein einziges Mal, als ich ein zähes Hähnchen briet und über Nacht im Backofen stehen ließ, bis es zu einer klebrigen schwarzen Masse geschmort war, der Römertopf war nicht zu retten. Ich finde die Thermosocken nicht. Was mache ich bloß mit ihren ganzen Nähsachen? Ich finde den Hausschlüssel nicht – immer war es Emilie gewesen, die ihren Schlüsselbund zog, wenn wir zusammen heimkamen. Wozu essen? Wozu Blumen in Vasen stellen? Ich bin gezwungen, eine Rolle zu spielen, die mir nicht entspricht, ich denke so lieblose Dinge wie: »Gute Welt, nun versuch's mal ohne mein Zutun.«

Die Familie hielt zu mir. Wir setzten uns hin, um Emilies Schmuck aufzuteilen. Markus, Verena, Angela und ich. Wir überlegten bei den einzelnen Stücken: »Wem würde das gut stehen?«

Markus und ich bestanden darauf, dass Verena ein bestimmtes Paar Ohrringe bekäme, weil wir fanden, das sei ihr Stil, und zusammen überzeugten Markus und ich Angela davon, einen bestimmten Ring zu nehmen, weil er unserer Meinung nach so perfekt zu ihr passte. In diesem Moment fühlte ich mich meinem Sohn so nahe wie selten zuvor im Leben.

Aber bin ich wieder allein, starre ich dumpf auf unser Bett, in dem sie gestorben ist, ich starre in Schubladen, ich starre trübsinnig auf ihre Haarbürste im Badezimmerschränkchen, ich starre auf die auf ihren Namen adressierten Kuverts, die mich unerträglich quälen. Wie lange kam noch Post, die an sie adressiert war!

Es regnet, und der Regen prasselt auf die Blumen nieder, die ihr Grab auf dem Friedhof bedecken, und löscht die Kerzen aus, die es umsäumen. Den Grabstein muss ich noch setzen lassen. Die Gräber nebenan sind schon angelegt. Ich weiß nicht, was für einen Stein ich nehmen soll. Eine Frau legt einen Blumenstrauß auf ein Kindergrab in einer entfernten Reihe. Ich weine und rühre mich nicht. Ein Erdbeben wäre nötig, um mich zu rühren. Ein Vulkanausbruch. Oder ein Trick. Ein simpler Selbstbetrug.

Erinnern Sie sich, wie es war als Kind? Sie schlugen sich den Kopf an, und Ihre Mutter küsste den Schmerz weg? Ich stellte mir vor, wie Emilie meinen Schmerz wegküsst. Wie sie sich zu mir beugt und ihre Lippen auf meine Schläfe drückt. Und wissen Sie was? Diese Vorstellung schenkte mir Kraft. Meine Stimmung hellte sich auf. Ich fühlte mich beinahe aufgehoben. So aufgehoben wie seit Monaten nicht. Und dann fragte ich mich, was Emilie an meiner Stelle getan hätte. Wie sie vorgegangen wäre. Was Emilie davon gehalten hätte, in eine Schublade, auf ein Grab zu starren.

Nein, sie hätte nicht zugelassen, dass ein gesunder und intelligenter Mensch sich zu Tode grämte. Schon gar nicht, wenn dieser Mensch sie selber gewesen wäre. Sie hätte sich selbst aufgefordert, dreimal um den Friedhof zu gehen, ehe sie sich selbst aufgab. Sie hätte getan, was zu tun war, sie hätte sich einen Klaps gegeben, damit sie aufwacht und sich der Wirklichkeit stellt. Sie hätte den Boden aufgenommen, den schmutzigen Lappen ausgewaschen, das Spülbecken gereinigt. Sie wäre ins Kartoffelbauerndorf gefahren, um eine lebenslange Freundin zu besuchen.

Also raffte ich mich auf. Die Fotoalben wanderten in den

Schrank. Ein leicht verrutschter Teppich wurde zurechtgerückt, eine Schale mit Trockenblumen auf den Tisch gestellt, die Griffe der Regenschirme im kupfernen Ständer entwirrt, Rechnungen ordentlich abgeheftet. Ich verfiel nicht in das Extrem, die Fenster zu putzen, aber die Geschirrtücher faltete ich mit einer Präzision zusammen, die auch bei einem Vierundachtzigjährigen ans Krankhafte grenzte.

Dann verließ ich das Haus und bat Emilie, mich zu begleiten, wie sie das immer getan hatte. Neben mir zu gehen, in trauter Zweisamkeit, ich weiß, wie es dir geht, du weißt, wie es mir geht. – Das ist nichts Übernatürliches! Nicht übernatürlicher als das Telefon. Die Geister sind hier, um uns herum, uns fehlen nur die richtigen Geräte.

Aus einer Laune heraus begann ich für andere Menschen zu bitten. Zwei Männer verlegten Kabel; ich bat Emilie, ihnen einen guten Lohn zu schenken. Ich sah eine Frau Wäsche aufhängen, und die langen Leinen mit Kinderwäsche zeigten mir, dass sie eine große Familie betreute. Ich bat Emilie, ihr ein unbeschwertes Leben, einen hilfreichen Gatten und gesunde Kinder zu schenken. An der Bushaltestelle sah ich einen jungen Mann, der dösend neben der Bank kauerte. Ich bat Emilie, ihn aufwachen zu lassen und ihm den Segen einer abwechslungsreichen Arbeit zu vermitteln. Habe ich einen Altersknacks? Ich war überzeugt, jede Bitte habe eine unmittelbare Wirkung!

Auf dem Heimweg nahm ich die Straßenbahn. Ich saß hinter einer Frau, die einen bedrückten Eindruck machte. Ich hatte ihr Gesicht gesehen, als sie den Wagen betreten hatte, und jetzt bat ich Emilie, sie von ihrer Schwermut zu befreien. Schon griff die Frau an ihren Hinterkopf, und als sie etwas später ausstieg, war der düstere Ausdruck ihres Gesichts verschwunden. Ein Lächeln auf ihrem Antlitz! Ich rede mir gern ein, dass es Emilie oft gelingt, die Atmosphäre in einem Straßenbahnwagen zu verbessern.

Einmal müht sich Markus verbittert ab, einen schweren Stein zu heben. Er ist ein kleiner, stolzer Bursche. Emilie, die ihm dabei zusieht, fragt nach einer gewissen Zeit: »Sag mal, setzt du auch deine ganze Kraft ein?«

»Natürlich, siehst du denn das nicht?«

»Ich glaube dir nicht«, erwidert Emilie, »denn bisher hast du mich nicht um meine Mithilfe gebeten.«

Er sieht seine Mutter an, als sei sie eine Zauberin.

Sie müssen wissen, meine Schwiegertochter lebt ständig in Angst vor einem unbestimmten, düsteren Geschehen. Sie wartet auf irgendein unglückliches Ereignis, das sie oder ihre Familie treffen könnte. Ein Schnupfen, eine Bindehautentzündung, ein Hühnerauge wachsen in ihrer Vorstellung zu etwas Monströsem an. Sie vermeidet es sorgsam zu zeigen, dass es sie plagt, wenn ihre Tochter am Samstag mit einem jungen Franzosen verabredet ist. Doch ihre Gefühle verraten sich, wenn Angela am Sonntag nach Hause kommt und ihre Mutter aus keinem Grund, den diese laut nennen könnte, verärgert und zornig findet. Verenas abgekämpfter Blick sagt mir, dass sie viel darum geben würde, gelassener zu werden. Ich werde Emilie bitten, Verena Frieden zu schenken. Schauen wir, was passiert.

– Wann? Im Herbst vor drei Jahren. Ein Fehltritt war mir behilflich, die sieben letzten Sprossen der elenden Leiter in einem Rutsch zu nehmen. Ich brach mir nur ein paar nebensächliche Knochen, was die Familie aber veranlasste, sich mit mir auszusprechen. »Rentner lag neun Stunden hilflos neben dem Bett« lasen sie mir vor und sprachen von all den Betagten, denen niemand antwortete, wenn sie riefen. Verena gestand, wie sehr es sie beschäftige, wenn sie daran denke, wie ich mich allein durchschlage. Ich kann zwar noch alles selber tun, sehe aber ein, dass ich nicht mehr ganz jung bin, jedenfalls nicht mehr so jung wie Anfang achtzig.

Bevor ich hierherzog, in die Stadt, in der ich aufgewachsen bin und in der Markus und seine Familie lebt, goss ich feierlich die Rosen vor unserem Haus in Unterseen und schnitt die verblühten Triebe.

»Hast du schon über Rosen nachgedacht?«, hatte Emilie einmal gefragt. »Sie beeilen sich nie, sie regen sich nicht auf, sie machen keinen Lärm, beantworten keine Telefonanrufe, sie wachsen und blühen und schenken uns Zufriedenheit.«

Emilie hatte den Rosenstock ab und zu gestreichelt, so sehr hatte sie ihn geliebt.

Der Bruder Verenas, frisch in unser Haus eingezogen, habe als Erstes die Küchenkräuter ausgerupft; er kannte sie nicht. Die Pflaumen und Birnen an den Obstbäumen überlasse er den Wespen. Den Nussbaum gebe dem Haus zu viel Schatten, deshalb wolle er ihn köpfen.

Ich erinnere mich an den Tag, als ich hier ankam, von Markus chauffiert. Er hielt mir einen Vortrag über Automarder, und ich war schrecklich niedergeschlagen, weil ich dachte, es würde schwierig werden, mit so vielen Menschen zusammenzuleben, die ich nicht kannte. Das Bett, die Lampen, die Vorhänge, den Hocker brachte ich mit, einige Bücher mit abgewetzten Einbänden, die Fotoalben, Emilies Perlenkette und drei handgewebte Kissen, von der Hochzeitsreise aus der Provence, die Farben verblasst. Ein paar Schallplatten. Zu unserem großen Vergnügen waren wir in Arles auf diesen Plattenladen gestoßen, wo wir gegen eine kleine Gebühr sitzen und den ganzen verregneten Nachmittag Opern hören durften. Ich dachte, es sei wohl besser, nicht zu viel der erinnerungsgetränkten Sachen um mich zu haben.

Im Zimmer begrüßte mich die damalige Heimleiterin mit ein paar freundlichen Worten, einem Blumenstrauß, einer Dokumentation des Betagtenheims und einem Faltblatt über die Veranstaltung »Turnen für Menschen 80+«.

»Wir verfügen über keine Pflegeabteilung, sind aber bestrebt, unsere Bewohnerinnen und Bewohner in ihren Wohnungen bis an ihr Lebensende zu betreuen«, sagte die Heimleiterin. »Für die Besorgung der Privatwäsche steht Ihnen die Waschküche mit Waschmaschinen, Trockenschrank und Tumbler zur Verfügung. Ohne zusätzliche Gebühren können Sie Ihre Wäsche jederzeit besorgen lassen.«

Die Dokumentation enthielt eine Kursliste zu den vielfältigsten Themen. Kerzen betrachten in der Gebetsgruppe, Lichtbad, Gedächtnistraining, Zeitung vorlesen, Biografierunde, »Geschenke basteln mit Irina«, Spiele mit Gymnastikball – wir heben einen Ball über den Kopf und deuten Kniebeugen an, um uns zu vergewissern, dass wir nicht steif geworden sind. Die Kurse seien eine gute Möglichkeit, sich im Betagtenheim einzuleben und die Mitbewohner kennenzulernen. »Apropos Mitbewohner«, sagte die Heimleiterin. »Sie waren doch Lehrer, Herr Zbinden. Welche Fächer haben Sie unterrichtet?«

»Am liebsten Geografie und Deutsch.«

»Möchten Sie nicht für Interessierte einen Kurs in Schweizer Geografie geben?«, fragte sie. »Oder in Schönschreiben?«

Dass ich mit meiner Sauschrift Schönschreiben gelehrt habe, betrachte ich als den Witz meiner Laufbahn, sagte ich. »Nein, wenn ich einen Kurs leiten soll, dann einen Spazierkurs. Falls es das Angebot noch nicht gibt.«

»Eine gute Idee«, sagte die Leiterin, obschon sie keine Ahnung haben konnte, um was es da gehen sollte. Also vertiefte ich mich in den ersten Wochen im Betagtenheim in die Vorbereitung des Spazierkurses. Der Kurs sollte wohltuend und beschwingend sein, gleichzeitig auch eine moralische Wirkung hervorrufen, selbstverständlich unter der heiteren Oberfläche verborgen, denn die Menschen mögen ja im Allgemeinen keine Sittenpredigten. Ich begegnete den möglichen Kursteilnehmern im Speisesaal, auf dem Lederfauteuil im Aufenthaltsraum, die Beine ausgestreckt und übereinandergelegt, mit den treuen Hausschuhen wippend. Allein saß ich an einem leeren Tisch im Speisesaal und starrte auf mein Tablett mit Polenta, Bohnen und Pudding. Oder ich setzte mich mit dem Tablett vor dem Bauch mutig neben ein Trio zahm wirkender Damen, die sich so abwesend über ihr Essen beugten, als unternähmen sie von Bissen zu Bissen eine Astralreise. Als ich mich einmal neben Herrn Wenk setzte, sagte er mit vollem Mund in seiner knappen Art: »Der Platz ist besetzt.«

Ich stellte mir vor, wie ich den Spazierkurs beginnen würde: »Meine Damen und Herren, ich stamme aus grauer Vorzeit, als die Erde noch kein Dorf, sondern eine Kugel war. Ich will freundlich zu Ihnen sein, und Sie müssen zu mir ebenfalls freundlich sein. Ich führe einen Spazierkurs durch, weil ich Angst habe, dass Sie in Dumpfheit sterben.«

Ich würde auf die geminderte Aufnahmefähigkeit von Senioren Rücksicht nehmen. Wer sich in der Theoriestunde nicht selber meldete, würde nicht aufgerufen. Hausaufgaben würden keine gestellt. Jeder hätte das Recht, frei umherzugehen oder – dem Ersticken nahe, strömende Schweißbäche auf den Gesichtern – Fenster zu öffnen oder zu schließen. Bei allfälligen Tests im praktischen Teil wäre die Benützung öffentlicher Verkehrsmittel in Grenzen erlaubt.

Markus quälte sich mit gerunzelter Stirn und sichtlicher Anstrengung durch die ersten Seiten meines Vortrags und vertagte die weitere Lektüre auf seinen nächsten Besuch, wenn er mehr Zeit und Ruhe für so was habe.

»Es könnte voller faszinierender Einsichten sein, Dinge, die zu wissen es sich lohnt«, ermutigte ich ihn.

Markus schaute auf die Seiten, auf mich, wieder auf die Seiten. »Regenspaziergänger haben es sich angewöhnt, das Wasser, das auf sie niederprasselt, gefällig zu beachten«, zitierte er. »Schließlich ist das Beste, das man tun kann, wenn es regnet, dass man's eben regnen lässt.« Er erhob sich. »Na, vielen Dank.« Und bebend vor Ungeduld – »ich muss los, die Parkuhr läuft ab« – streckte er mir in der einen Hand das Vortragsmanuskript hin, in der anderen meine Medizin.

»Damals«, sagte ich, »wachte ich die ganze Nacht bei Emilie. Sie konnte sich nicht entschließen, ob sie nun Wehen hatte oder nicht. Als es so weit war, schlief ich selig.«

Markus lachte auf. »Ich war wochenlang in Vorbereitungskursen für Hilfe bei der schmerzlosen Geburt, und als es so weit war, lag ich ohnmächtig am Boden. Den ersten Test als Väter haben wir beide glänzend bestanden. Wiedersehen, Paps.«

An der Tür hielt er inne, wandte sich noch einmal um. »Viel Glück mit dem Kurs«, sagte er zärtlich, »pass auf dich auf.«

Ich weiß nicht, Kâzim, ich entdecke neue Züge an meinem Sohn, und ich frage mich, habe ich die vorher übersehen, oder ist er im Alter mir gegenüber offener geworden?

Vater zu sein fiel mir niemals leicht – niemals so leicht wie Spaziergänger zu sein, Lehrer zu sein, Emilies Mann, Heimbewohner. Lukas Zbinden, der sich selbst ohne Wimpernzucken als den letzten sanftmütigen Menschen bezeichnen würde, ist mit recht vielem unzufrieden, was das Verhältnis zu seinem Sohn angeht. Ich weiß, dass ich keine großen Probleme mehr lösen kann, und glauben Sie mir, das wiegt doppelt schwer, wenn es sich um den eigenen Sohn handelt. Es wäre gut, wenn wir die Zeit nutzten, die wir noch gemeinsam haben.

Tatsächlich scheuchte die Heimleiterin vier Wochen nach meinem Eintritt ins Betagtenheim eine Gruppe leicht verwirrter Seelen nach draußen in den Innenhof, wo sie sich irritiert umsahen. Sie verteilte die Gruppe auf die bereitgestellten Klappstühle unter der Kastanie, wo genügend Schatten war, um sich dort länger aufzuhalten. Ein lauer Herbstnachmittag. Die Leiterin entschuldigte sich bei mir, sie müsse in einer Viertelstunde wegen anderweitiger Verpflichtungen den Vortrag verlassen. Dann schloss sie die Glastür zum Heim und lehnte sich, den Türgriff fest umklammernd, dagegen. Sie gab mir ein Zeichen. Auf der Steinbank beim Springbrunnen sitzend, begann ich vorzutragen. Ich war gleichzeitig aufgeregt und gelassen, ich fühlte mich ein wenig wie ein Sänger, der nach seinem unwiderruflich letzten Auftreten auf die Bretter zurückkehrt.

»Meine Damen und Herren, haben Sie sich schon einmal vor der eigenen Dumpfheit gefürchtet? Entweder sind Sie nicht dumpf, oder Ihre Dumpfheit schützt Sie vor der Furcht vor der Dumpfheit. Wer nur die leiseste Achtung vor sich und seinen Sinnen hat, der begreift, dass es nichts Schrecklicheres gibt als ein dumpfes, gefühlloses Leben. Wenn wir unsere Stumpfsinnigkeit fürchten lernen, werden wir fragen: Wo ist der Ausweg? Und uns geht auf: Spazieren ist der Ausweg. Jeder Schritt kann ein Spaziergang werden.«

Es schien alles glattzugehen, bis Herr Imhof in der ersten Reihe begriff, was ihm geschehen war: Man hatte ihn zu einem Vortrag geschleppt, der ihn nicht im Mindesten interessierte. Er wollte sich aus dem Zimmerfenster lehnen und die Brunnadernstrasse beobachten, stattdessen war er aus purem Pech auf dem Weg von einem Stück hausgemachter Schwarzwäldertorte in der Cafeteria an die Heimleiterin geraten. Keinesfalls hatte er die Absicht gehabt, in einem spärlich besonnten, mäßig bevölkerten Innenhof meiner Dumpfheitsnebelrede 80 + zu lauschen, derweil auf der Straße munteres Treiben herrschte. Entschlossen erhob er sich und drängte seitlich aus der Reihe. Augenblicklich ergriffen auch drei andere der Verschleppten die Gelegenheit zur Flucht. Die Herren Wenk und Hügli und Frau Steinimann, letztes Frühjahr gestorben. Sie drängten an der Heimleiterin vorbei und retteten sich ins Kunstlicht, wobei sie einigen Lärm verursachten, sodass ich gezwungen war, das Manuskript sinken zu lassen und eine Pause einzuschalten.

Dies machte sich Altenpflegerin Britta zunutze. »Wann schließt denn heute die Wäscherei?«, wandte sie sich an Lydia.

»Sechzehn Uhr.«

»Verdammt.« Britta rappelte sich hoch. »Komm, Lydia.«

Gerade hatte sich Lydia die Schuhe von den geschwollenen Füßen gestreift und sich behaglich zurechtgerückt. Sie sah überanstrengt und erschöpft aus und schien nichts dagegen zu haben, unter der Kastanie ein kleines Nickerchen zu halten, ehe sie sich mit der Pipette auf Frau Jacobs stürzen müsste. Nun folgte sie Britta unwillig in die Wäscherei. Dies wirkte auf den gesamten linken Flügel ermunternd: Man stand geschlossen auf und strebte unters Dach. Frau Schaad, damals noch nicht halbseitig gelähmt, wandte überrascht den Kopf und voller Angst, den Anschluss zu verpassen, stürzte sie den Davoneilenden nach. Polternd fiel ihr Klappstuhl um.

Fünf Leute blieben übrig. Herr Ruchti, Madame Revaz, Frau Dürig, der Zivildienstleistende Sebastian und die Heimleiterin. Ich klappte das Manuskript zu und ermunterte die fünf, ebenfalls zu gehen. Vielleicht träfe man sich ja irgendwann auf einem Spaziergang, murmelte ich.

»Ich habe Zeit«, sagte Herr Ruchti und lächelte milde, »reden Sie uns ruhig noch ein wenig ins Gewissen.«

Madame Revaz kramte ihre Brille aus der Tasche und fragte, ob ich etwas dagegen hätte, wenn sie dazu etwas strickte. Und Frau Dürig meinte, hier sitze es sich immer noch gemütlicher als im Aufenthaltsraum, wo es so ungelüftet rieche.

»Hat das Leben überhaupt einen tieferen Sinn?«, fuhr ich beherzt fort. »Ist es reine Zufälligkeit, dass wir geboren wurden? Ich habe einen Freund, pensionierter Lehrer. Einmal ist er bei einem Industriellen in Schlieren eingeladen. Der Mann, dreimal von seiner Frau geschieden, dreimal zu ihr zurückgekehrt, hat eine wundervolle Villa an der Limmat. Hunderte Gäste tummeln sich. Die Fächer der Regale an der Wand beladen mit allen möglichen Karaffen, Vasen, kunstvollen Gewürz- und Kräuterbehältern. Mein Freund trifft den Hausherrn und sagt: Was haben Sie es gut! Ein König sind Sie! Ein solches Haus! Eine einträgliche Glasfabrik! Eine reizende Frau! Liebe Kinder! Da antwortet der Mann: Ja, Sie haben recht, mir geht es gut. Und auf einen Schlag wird er todernst und sagt: Aber fragen Sie mich nicht, wie es hier drin aussieht, und dabei zeigt er auf sein Herz.

Das Wichtigste sollten wir zuerst tun. Und wenn Spazieren uns von Schwermut, Dumpfheit, Stumpfsinn befreit, dann ist das Wichtigste, dass wir spazieren.

Die Menschen sind gern draußen an der frischen Luft. Sie werkeln sich Freilufterlebnisse zurecht, den netten Ausblick zum Beispiel, der den Seilbahnbenützern den Ohrendruck belohnt. Aber die Welt ist eine verborgene Welt, verstehen Sie? Ich verdeutliche Ihnen das an einem Bild: Eine dichte Nebelwand. Hinter der Nebelwand verborgen ist eine Rose. Nun können die Menschen nicht leben ohne die Rose. Und da fangen sie an, sie zu suchen. Sie werfen Fußbälle gegen die Nebelwand, sie wedeln mit Jasskarten, sie besuchen Abendkurse, sie bauen sich in Viererreihe auf und blasen im Orchester. Das sind die Bemühungen der diversen Freizeitbeschäftigungen. Der Spaziergänger setzt Fuß vor Fuß und dringt in die Nebelwand ein. Er findet die Rose. Einen ganzen Rosenbusch. Zwergenhafte Vögel bauen ihr Nest in seinen Zweigen. Käfer nagen an seinem Stamm. Wer die Rose findet, findet die Welt.

Ich frage mich oft, warum die Menschen nicht froh und aufmerksam sind. Sie haben's doch weithin gut. Aber sie können nicht froh und aufmerksam sein. Und warum? Weil sie dumpf sind. Schlafend, volltrunken, gleichgültig. Und die Dumpfheit reißt ihnen kein Lebenshilfebuch und kein Spazierkursleiter aus dem Leib. Nur Spazieren vermag dies. Eine inspirierende Begegnung, ein berührender Anblick katapultieren den Spaziergänger in einen Zustand voller Liebe, Scharfsicht und Erfüllung. So lange, bis er in das glanz- und freudlose Alltagsbewusstsein zurückkehrt, das die meisten als Normalfall akzeptiert haben, seit sie als Kinder dazu angehalten worden sind, stets die Tür zu schließen.

Warum schließen wir die Türen? Selbst die Tür zum Speisesaal ist während der Mahlzeiten verschlossen. Kein Windhauch bewegt die weißen Vorhänge. Wovor haben wir uns unablässig zu schützen? Wo immer meine selige Frau jetzt ist, dort werden sicher die Türen nicht verschlossen. Damit der Wind durch die Wohnung streifen kann, und wer weiß, vielleicht haben die Türen nicht einmal Schlösser, vielleicht sind es nur Perlenschnüre, die ihre Wohnung von der Außenwelt trennen.

Hören Sie: Zu den Schönheiten dieser Stadt gehört der grüne Fluss, der, wie der Dichter sagt, die Stadt umarmt. Ich gehe oft dort spazieren. Menschen springen hinein, um von einem Ufer zum anderen hinüberzugleiten. Überall Kähne mit abgestumpftem Heck. Am Stauwehr führt eine Brücke über den Fluss. Das Wasser stürzt über das Wehr hinunter.

Und da sehe ich eines Tages, dass dort, wo das Wasser hinunterstürzt, ein großes Stück Holz tanzt. Ich beobachte, wie das Holz abtaucht und auftaucht und sich im Kreis dreht. Ab und zu sieht es so aus, als ob es in die Strömung käme und weitertreiben könnte. Aber dann packt der Strudel es wieder. Als ich am nächsten Tag hinkomme, ist das Stück Holz immer noch da. Der Wirbel packt es unablässig. Können Sie sich das vorstellen? Da geht die Strömung, und das Holz taucht auf und ab und dreht sich im Kreis herum. Das Leben der Menschen ist oft nicht anders. Immer dieselben drei Fenster, durch die die Welt gesehen wird: das Fenster des Zimmers, die Windschutzscheibe, die Mattscheibe. Einerseits wissen die Menschen, dass sie handeln müssen, wenn sich etwas ändern soll. Andererseits tun sie genau dies nicht, weil sie Angst vor den Konsequenzen haben. Sie denken über ihre Unzufriedenheit nach, aber um nicht handeln zu müssen, bringen sie die beunruhigenden Gedanken mit Beschwichtigungen zum Schweigen: Es war trotzdem ein wunderbarer Tag und zu viel Sonne vertrage ich nicht. Auf dem Wehr dachte ich: Es bedarf nur eines Anstoßes, schon kommt das Holz in die Strömung. Aber ich konnte nicht hingelangen, weil ich, des Schwimmens unkundig, nicht ins Wasser fallen wollte. Ich schwimme wie ein Amboss. Einmal rutsche ich ins Lernschwimmerbecken, sofort gurgelt es entsetzlich und Blasen steigen auf.

Meine Damen und Herren, wir sind kein Stück Holz. Den einen Schritt aus dem ewig gleichen Kreis, den einen Schritt in die Strömung, den können wir selber tun. Drohen manchmal Gefühle Sie zu überwältigen? Wachsen Ihnen Situationen über den Kopf? Liegt die ganze Welt auf Ihren schwachen Schultern? Können Sie vor lauter Sehnsucht nach Ihrem verstorbenen Gatten nicht schlafen? Wissen Sie nicht, wie man seinem Sohn zeigt, dass man ihn liebt? Dann setzen Sie einen

Fuß vor den anderen an einer makellos betonierten Bachsohle oder in einem naturkundlich bedeutsamen Biotop. Das geht immer, auch wenn sonst nichts geht. Meine Damen und Herren, dieser Spazierkurs wird Ihnen helfen, Ihr Herz aufzuschließen, dass Ihr Leben sinnvoll, also sinnlich wird. Sinnlichkeit macht Sinn erst möglich. Sie wollen Fakten, keinen Sermon.

Spazieren heißt: Spazieren zu gehen. Nicht, sich Vorträge übers Spazieren anzuhören. Als Vortragender komme ich mir vor wie jemand, der vor einem Springbrunnen steht und Wasser verkauft. Nun, Sie haben gehört, was ich zu sagen habe, Sie können sich als belehrt oder neu orientiert oder wiedergeboren oder was auch immer betrachten. Glauben Sie mir, Spazieren spielt im Lebenslauf lichter Menschen eine mindestens so zentrale Rolle wie Beruf, Poesie, Patenschaften, Familie und Gesundheit. Vielen Dank für Ihre Aufmerksamkeit.«

Der Applaus meiner fünf Zuhörer am Ende des Vortrags klang freundlich. Auch wenn ich schwer einschätzen kann, wie stark er war, da meine Schüler früher nur applaudierten, wenn ich das Wort »Kartoffelstock« auf dreiundzwanzig Arten so verdrehte, dass sie wieherten vor Lachen. Ich glaube, heutige Schüler würden bei solchen Späßen scharf schießen.

»Gut«, meinte Sebastian und half Madame Revaz aus dem Klappstuhl, »ich werde Ihnen bis ans Ende meines Zivildienstes widersprechen.«

Ein skeptischer junger Mann. Hatte eine Sterbensangst davor, sich hier mit tödlichen Krankheiten anzustecken. An seinem ersten Tag als Zivildienstleistender holte er tief Luft, bevor er ins Heim trat, und atmete dann drei Monate nicht mehr.

Immerhin, Herr Ruchti streckte die Glieder und machte mir freudig mehrmals Komplimente, die ich gelassen herunterspielte. Er meinte, die meisten meiner Ansichten lehne er ab, er halte sie beinah in jedem Betracht für bedenklich, außer vielleicht im Hinblick auf ihre Harmlosigkeit. Es sei für ihn aber überaus vergnüglich, Ansichten zu hören, die ihm gedanklich fernlägen. Diese Worte brachten die Heimleiterin und Frau Dürig dazu, die Komplimente Herrn Ruchtis zu wiederholen, und als sie enthusiastisch genug waren, nahm ich sie an. Der Teufel soll mich holen, wenn uns da nicht Herr Pfammatter entgegenkommt! Schauen Sie! Ich habe Ihnen doch von unserem Volkskundler erzählt?

Guten Abend, Herr Pfammatter! Sie tauchen aber auch immer auf, wenn man gerade glaubt, nie wieder von Ihnen zu hören! – Herrje, wie sehen Sie denn aus?! – Aber nein. Verfilzt und feucht. Als kehrten Sie von einer unbequemen Nacht in einer Höhle zurück, wo Sie sich in der Finsternis vor etwas verstecken mussten, auf das Sie eigentlich Jagd machen wollten. – Budapest, genau! – Haben Sie einen ordentlichen Souvenirfang gemacht? – Lassen Sie sehen! – Das ist ja eine Damenuhr! Wie sind Sie zu einer Damenuhr gekommen? – Beim Abendessen, wie Sie meinen! Herr Probst lässt fragen, ob Sie später für ein Spiel zur Verfügung stehen? – Bitte? – Kâzim, unser neuer Zivildienstleistender. Ein Ruderer, ein guter Zuhörer, ein prächtiger Begleiter. Schwer wie Blei hänge ich an seinem Arm, aber er lässt sich nichts anmerken. – Nein? Wofür möchten Sie denn gern gelobt werden, Kâzim? – Morgen, wenn Sie sich etwas erholt haben, könnte er Sie ja in Ihrem Zimmer besuchen und sich Ihre beängstigende Vielfalt an Fundstücken ansehen, was halten Sie davon, Herr Pfammatter? – Ja, ziehen Sie sich nur in Ruhe um, bis später!

Selbstverständlich haben wir den Spazierkurs durchgeführt, was dachten Sie denn? Die zweite Lektion musste verschoben werden, wegen gewisser Eingriffe an den Augen von Madame Revaz, aber dann erprobten wir gemeinsam unser Geschick – im hübschen Innenhof, auf der Brunnadernstrasse unter Herrn Imhofs misstrauischen Blicken. Herr Ruchti, einen gelben Schal um den Hals gewickelt, stapfte mit gerecktem Kopf und glucksendem Lachen drei Schritte vor den anderen her, gab Tempo und Richtung an, ganz Zentrum der Seniorenexpedition, während Herr und Frau Dürig begeistert von ihren Anfängen erzählten. Sebastian trug eine Sonnenbrille, auch wenn die Sonne nicht gewillt war, aus der Wolkendecke hervorzubrechen. Dann saßen sie – Madame Revaz, Sebastian, Herr Ruchti und die Dürigs in bizarren Plüschpantoffeln – dichtgedrängt auf dem eingesessenen Sofa im Aufenthaltsraum. Madame Revaz' Füße ruhten auf einem Schemel mit einem gestrickten Überzug, der genau der Arbeit glich, die sie in den Händen hielt.

Man lauschte meinen Ausführungen übers richtige Spazieren, oder man blickte weit zurück auf frühe Fußgängererlebnisse, auf Schulwege und Streifzüge, erinnerte sich an verletzte und gerettete Tiere, an Baustellenerkundungen, Knochenfunde im Wald, Schneeballschlachten.

»Einmal im Winter«, erzählte Herr Ruchti, »fragte ich meinen Vater, ob ich mit dem Pferd zur Schule dürfe, weil ich so einen langen Weg hatte. Vater sagte: Also gut. Wir schirrten Sambo an, spannten den Schlitten an, Vater ging neben dem Pferd her. Wie wir auf die Kuppe kamen und aufs Dorf hinuntersahen, fing es an zu schneien.«

Herrn Ruchti haben Sie verpasst. Eine entzückende, weißhaarige Bohnenstange, die sich ungeachtet der Schulzimmeratmosphäre im Aufenthaltsraum königlich amüsierte. Anfangs kicherte er heimlich in sich hinein, brach dann in schallendes Gelächter aus und spendete regelmäßig Applaus. Als Lehrer bemüht man sich, niemanden vorzuziehen, aber Herr Ruchti mit seinem strahlenden Gesicht war mein Lieblingskursteilnehmer.

Madame Revaz strickte, Herr und Frau Dürig dösten Hand in Hand ein, und Sebastian, immer im engen T-Shirt, als hätte man ihn hineingepumpt, wies mich darauf hin, wenn ich Widersprüchliches verkündete. An seinem letzten Tag als Zivildienstleistender öffnete Madame Revaz die Handtasche und zog ein fertiggestricktes Halstuch aus feinster schwarzer Wolle hervor.

»Für Sie, Sebastian«, sagte sie, und gerührt wickelte er das Tuch um seinen Stiernacken. Dann schüttelte er mir die Hand, bis sie taub war, und behauptete, er habe unsere »Spaziergänge in Zeitlupe« wirklich genossen, obwohl er nicht vorhabe, sich weiter damit abzugeben. »Wahrscheinlich habe ich Ihnen so gern zugehört, weil ich in jedem Wort die Bestätigung dafür fand, nicht allzu viel zu verpassen.«

In seinem Gesicht erkannte ich Dutzende ehemaliger Schüler von mir.

Ich kann gut verstehen, dass zum Beispiel Frau Dürig lieber mit einem verständigen älteren Menschen spazieren geht als mit einem zwanzigjährigen Zivildienstleistenden: Es ist die vertraute Generation, man muss nicht so viel erklären oder sich entschuldigen. Aber dass ich hier mit Zivildienstleistenden Kontakt habe, betrachte ich unbedingt als Glücksfall. Man hört ja oft, man solle danach trachten, junge Freunde zu haben. Umso dankbarer bin ich, dass mir Zivildienstleistende wie Sie oder Sebastian geschenkt werden. Sie zeigen Solidarität mit alten Menschen nicht erst, wenn Sie die eigene Mutter im Pflegeheim besuchen. Dafür danke ich Ihnen mehr, als ich in Worte fassen kann.

Was sagen Sie jetzt? Die letzte Stufe! Sicher und furchtlos haben wir das Parterre gewonnen! Junge, Junge, siebenundachtzig, aber so was schaffst du immer noch mit links. Madame Revaz! Hier sind wir, hier drüben! – Eben noch haben wir von Ihnen gesprochen! Wie geht's? – Neuigkeiten von Ihren Kindern? – Ihre Tochter hat studiert, erinnern Sie sich? – Der Junge ist nach Paraguay ausgewandert, er hat eine Krankenschwester geheiratet. Sie haben gute Kinder, Madame Revaz, seien Sie stolz auf sie! – Aber ja! – Erinnern Sie sich vielleicht, wann Sie geheiratet haben? – Natürlich ist das schon lange her! Aber wann genau? – Sie sind 1919 geboren, nicht? – Wissen Sie noch, wie alt Sie waren, als Sie geheiratet haben? – Haben Sie mit zwanzig geheiratet? Nein? – Aber Sie waren noch nicht dreißig, richtig? – Einundzwanzig vielleicht? – Zweiundzwanzig? – Das könnte sein. Wenn Sie dreiundzwanzig Jahre alt waren, haben Sie 1942 geheiratet. Könnte das hinkommen? 1942 Hochzeit mit Bértrand Revaz in der Eglise du Saint-Esprit in Delémont? – Morgen kommen wir darauf zurück, Madame Revaz. Überlegen Sie bis dahin genau, wann

Sie geheiratet haben. – Keine Ursache! Zur Eingangstür, Kâzim.

Heute kann Madame Revaz nicht mehr stricken. Sie hört fern und verliert ihre Vergangenheit. Wie lange können wir uns auf uns selbst verlassen? Auf unsere Sinne, auf unseren Verstand? Wie lange noch wache ich mit den Erinnerungen auf, mit denen ich abends zuvor ins Bett gegangen bin?

Einmal lagen Emilie und ich auf einer frischgemähten Wiese und schauten dem Abend zu.

»Glück«, sagte ich zu Emilie, »was fällt dir dazu ein?«

»Kannst du nicht in Ruhe den Abend genießen?«

»Sag schon.«

»Gut«, sagte Emilie und kratzte sich am Bein, wo sie ein Mückenstich plagte. »Es gibt das große und das kleine Glück. Das große Glück ist unsere Liebe. Das kleine wäre, wenn du jetzt der Stille zuhören würdest.«

Frau Schild, warten Sie! – Reichen Sie mir den Umschlag. Sie brauchen ihn nicht in mein Brieffach zu stecken, ist so ja wohl praktischer. – Was steht denn drin? Erhöhen wir mal wieder die Betriebskostenpauschale, hm? – Bitte? – Alessandra? Hat den dritten Stock auf den Kopf gestellt, um Frau Binggelis Stiftzahn zu finden. – Und Frau Jacobs gräbt den Zeigefinger in ihren Kragen, um an etwas Juckendes heranzukommen. Falls Sie Lydia oder Britta beauftragen könnten, oder hat sich Britta bereits beurlaubt? – Davon weiß ich nichts. Kâzim, hat Herr Ziegler erwähnt, dass er seine Frau besuchen will? Meines Wissens ist er lediglich aufs Zimmer gegangen, um sich aus einem misslichen Kleidungsstück zu schälen. Ist das Ihr Telefon, das da klingelt? – Aber bitte, es interessiert uns gar nicht.

In vier Wochen bekommt Pflegerin Britta ein Kind. Sie gerät in Panik, weil das Bürozimmer daheim immer noch ein Büro ist und kein Kinderzimmer.

Jetzt noch ein kleiner Spurt über den Flur und schon können wir atmen, nachdem wir viel zu lange die Luft angehalten haben! – Wie? – Nein, in einen Rollstuhl kriegen Sie mich nicht. – Nein. Angela schob mich einmal auf dem quietschenden Korridor herum, dann presste sie mich am Eingang vorbei und hinaus auf die Straße, ehe ich protestieren konnte. Sie legte ein flottes Tempo vor, ich wurde durchgerüttelt wie ein Sack Kartoffeln, sie bog um die Ecke und dann, sobald die Brunnadernstrasse leicht bergauf ging, verließen sie die Kräfte. Ich weiß, ich habe Ihnen gesagt, dass ich mir keinen Wesenszug vorstellen könne, den mein Sohn von mir geerbt hat. Doch Angela sagt mit verschmitztem Lächeln: »Ich sage Paps immer, dass er Mama genauso vollschwatzt, wie er behauptet, dass du Emilie immer vollgeschwatzt hast.«

Sehen Sie, der zottelige Teppich wellt sich und blockiert den Eingang.

Sie können meinen Arm jetzt loslassen, Kâzim, herzlichen Dank. Windstärke null. Bringt keinen Schmetterling vom Kurs ab. Aber man kann nie wissen. Es ist genau das Wetter, das gern einen Sturm nach sich zieht. Und dann laufen sämtliche Senklöcher über, das Wasser reißt das Bundeshaus mit sich, und die Politiker kommen auf die Idee, die Politik aufzugeben und zu arbeiten – obwohl mir kein Fall einfällt, der so schlimm geendet hat. – Sicher, das Rauchverbot ist aufgehoben. Tun Sie sich keinen Zwang an. Solange Sie die Kippe nicht in die Brennnesseln werfen. Aber ich will Sie nicht länger aufhalten, haben Sie es sich durch den Kopf gehen lassen? Begleiten Sie mich auf einen Spaziergang? – Wirklich? – Sie meinen, wohin? – Zum Fluss? Aber gern! Zum Fluss! Haben Sie Ihr Boot zufällig in der Nähe?

Ich habe Ihnen von mir erzählt, nun sind Sie an der Reihe. – Oh, alles! Wie es kommt, dass Sie hier sind, wie lange Sie bei uns bleiben, und ob Sie in einem Verein rudern. Ein paar Bemerkungen über das menschliche Dasein, darüber, ein Sohn zu sein, einen Vater zu haben. Und natürlich, ob Sie verheiratet, verlobt oder mit jemandem befreundet sind. Wem erzählen Sie abends, was Ihnen tagsüber widerfahren ist? Feiern Sie religiöse Feiertage, auch wenn's nichts zu essen gibt? Mit welchen Menschen haben Sie zu tun, die sich niemand zumutet außer Ihnen? Sie können auch Fragen beantworten, die Ihnen gar nicht gestellt worden sind, ich tue das täglich. – Mag sein, aber wenn ich neugierig bin, dann sind Sie störrisch. Sollen wir den ganzen Abend hier vor der Nachtglocke verbringen? Schießen Sie los! – Nein, versuchen Sie nicht, das Thema zu wechseln. Ich rühre mich nicht von der Stelle, bis Sie mit Ihren Lebensausschnittsgeschichten herausrücken! Oder ich gehe wieder hinein und tanze nackt im Lift, während die anderen versuchen, so schnell wie möglich zu verschwinden. Dann werde ich in ein Heim für Altersblöde gebracht und Sie hören nie wieder von mir. – Bitte? – Wie man richtig spaziert? Sie wollen wissen, wie man richtig spaziert? Kâzim, haben Sie mir auf der Treppe überhaupt zugehört? Was treiben Sie da eigentlich an meiner Seite? Ich würde sagen: Wenn ein Wegziel erreicht und ein nächstes noch nicht angepeilt ist, gibt es da nicht eine Lücke? – Nun, verlängern Sie die Lücke. Das ist Spazieren.

Oje, sehen Sie dort, Gandhi auf der Kastanie. – Nein, ich glaube, solange er da oben bleibt, kann nichts passieren. Er scheint sich allerdings zu überlegen, ob er in Frau Wyttenbachs Zimmer hinüberspringen soll. War das gerade ein Regentropfen? – Aber ich bitte Sie, zum Fluss ist wunderbar! Wir könnten über den Schönausteg und uns von Campierern im Eichholz ein Schlauchboot leihen. Das Rudern überlasse ich Ihnen, falls Ihnen das recht ist. Ich möchte Sie glücklich sehen. Wo Sie mir schon die unschätzbare Freude machen, mich zu begleiten! Kâzim, Sie sind ein Engel!

Er bastelt jeden Sonntag daran herum. Wenn's nicht am Stemmbrett hapert, dann am Rollsitz, und wenn's nicht der Rollsitz ist, dann die Dolle. Ich befürchte, man hat Kâzim ein Schrottruderboot angedreht. Aber nein! Ich habe nie behauptet, dass ich ihn ändern will! Du legst mir Sachen in den Mund. Natürlich darf er beim Rudern bleiben! Ich will bloß, dass ich in seiner Begleitung auf ein Wettrennen verzichten darf, das ist etwas ganz anderes. In halsbrecherischer Eile rannten wir zwischen geparkten Autos unvermittelt auf die Brunnadernstrasse, was uns halb empörte, halb sorgenvolle Blicke des öffentlichen und privaten Verkehrs eintrug. Ich rief vergessene Gottheiten an, mir Schnelligkeit zu verleihen. Mehr als einmal war ich gezwungen zu sagen: »Hören Sie, Kâzim, wir rennen nicht, egal ob uns dieser Hund verfolgt oder nicht.«

Nein, ein großer Böser. Einer, der sich den Zivildienstleistenden schnappt, der ihm in die Augen schaut. – Emilie, hör zu. In der Elfenau hatten wir den Hund endlich abgeschüttelt, und ich bat Kâzim, eine Verschnaufpause einzulegen. Wir standen bei einer Telefonzelle, und weißt du, was ich dachte? Ich dachte: Dass ich sterben oder den Verstand verlieren könnte, ohne dass Markus und ich uns ausgesprochen hätten, das würde mir schrecklich leidtun. Worauf wartest du, Lukas Zbinden?, herrschte ich mich an. Willst du ihm erst im letzten Augenblick sagen, was du für ihn empfindest? Man sollte sich da nichts vormachen. Worüber man im Vollbesitz der Kräfte nicht redet, darüber wird man als Pflegefall schon gar nicht reden.

Ich nahm all meinen Mut zusammen und rief unseren Sohn an. Nachdem ich ein paar Worte mit Verena gewechselt hatte, kam Markus an den Apparat, und ich sagte mit klopfendem Herzen – ich wusste nicht, wovor ich Angst hatte: »Ich wollte dir sagen, dass ich dich liebhabe.«

Am anderen Ende war Schweigen, dann wurde der Hörer hingelegt, und ich hörte Stimmen im Hintergrund. Unsere Schwiegertochter kam zurück ans Telefon und fragte besorgt: »Was hast du zu ihm gesagt?«

»Ich habe gesagt, dass ich ihn liebhabe – was ich ihm noch nie gesagt habe, und weil ich mir gedacht habe, er würde es vielleicht gern erfahren.«

Sie sagte: »Markus sitzt da drüben und versucht, die Tränen zurückzuhalten.«

Und ich denke, vielleicht können wir's noch anders anpacken, anders als früher. Wir sind kein Stück Holz, nicht wahr? Den einen Schritt aus dem ewig gleichen Kreis, den einen Schritt in die Strömung, den können wir selber tun.

Hast du auch das Gefühl, dass sich das ganze Haus allmählich aufs Abendessen vorbereitet? Das allgemeine Schnuppern in der Luft und der Versuch zu erraten, was es zum Hauptgang geben wird? Weißt du, manchmal wachsen mir Situationen über den Kopf. Vor lauter Heimweh nach dir kann ich nicht schlafen.

Dann setze ich Schritt vor Schritt und erzähle jemandem von dir, lasse mich über deine Vorzüge aus, schwärme ihnen vor, wie vollkommen mein Leben an deiner Seite ist. Das geht immer, auch wenn sonst nichts geht. Die Liegestühle kriegen wir, Emilie.

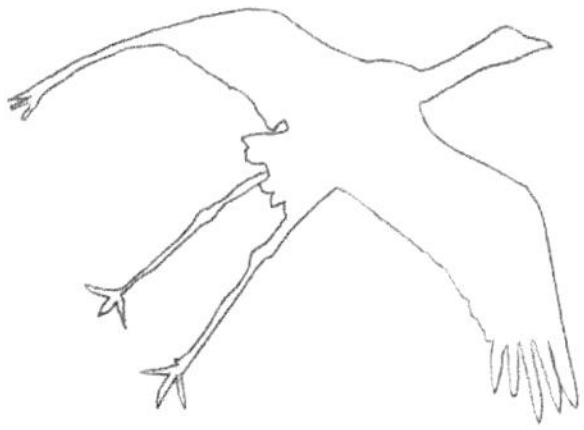

Dank

Der Autor dankt der Stadt Bern, der Stadt Thun und dem Kanton Bern für die finanzielle Unterstützung; dem Lektor Peter Graf, dem Verleger Ricco Bilger und den Autören Lorenz Langenegger und Urs Mannhart für Geduld und Zuspruch; Theres, Yuma und Lena für alles Übrige.

Franz oder Warum Antilopen nebeneinander laufen
In der Hauptrolle: Franz, der ewig bekiffte Gymnasiast, der die Oberstufe lieber bis zum Umfallen wiederholt, als – Gott bewahre – erwachsen zu werden und sich der fürchterlich komplizierten Welt da draußen zu stellen. Mit im Gepäck sein Dachs MC, der ideale beste Freund. In den Nebenrollen: Franz' Kumpel Rambo Riedel, der unvergleichliche und dezent alkoholabhängige Hausmeister Eryilmaz, die Ex-DDR-Lehrerin Doro Apfel – ach, und dann ist da natürlich noch Venezuela, das Mädchen aus der Nachbarschaft, heißblütig, militant und andauerndes Thema aller Tag- und Nachtträume von Franz.

»›Franz oder Warum Antilopen nebeneinander laufen‹ ist eine Entdeckung. Und was für eine! Ein Roman, der einem ebenso Lachkrämpfe beschert wie Tränen der Rührung. Simons Humor hat nichts Gezwungenes und die Sentimentalitäten sind ohne Kitsch. Simons Erstling ist ein Werk von internationalem Rang und hat das Zeug, sich ganz oben einzureihen.«
SonntagsBlick

»Christoph Simon beschreibt in dichten Texten die großen Gefühle in kleinen Welten. Es spielt keine Rolle, ob Kolumnen, Romane oder Slam-Texte – seine Themen sind stets dieselben: Liebe, Freude, Mut, Zuversicht. Gepaart mit Schalk resultieren Texte, die unterhalten und zum Nachdenken anregen.«
St. Galler Tagblatt

Planet Obrist

Franz Obrist und MC der Dachs sind zurück. Mit fünfzehn Franken in der Tasche verlassen sie Bern und machen sich zu Fuß auf den Weg nach Zürich-Oerlikon, Österreich, warum nicht die Mongolei! Franz Obrist verblüfft uns und träumt – vom Glück und wie es ohne unnötige Anstrengung zu erreichen ist, und vielleicht von Venezuela Lüthi …

»Gekonnt und süffig spinnt der Berner Autor den Stoff seines Erstlings weiter.« *Wochenzeitung, Zürich*

Viel Gutes zum kleinen Preis

Darin findet sich: Nützes und Unnützes, Wissen und Rat von A–Z; Märchenhaftes und Groteskes, darunter das Märchen vom Dichter und der Buchhändlerin; ein philosophisch relevanter Fragenkatalog und nicht zu vergessen: die legendären Kinderbriefe an den Satan. Ein Feuerwerk an wundersamen Texten und abgründigen Zeichnungen.

»Der Dichter als schlitzohriger Lebensberater: Christoph Simon legt ein unverzichtbares Vademecum vor. Ein Kleinod von einem Buch.« *Alexander Sury, Der Bund*

260513